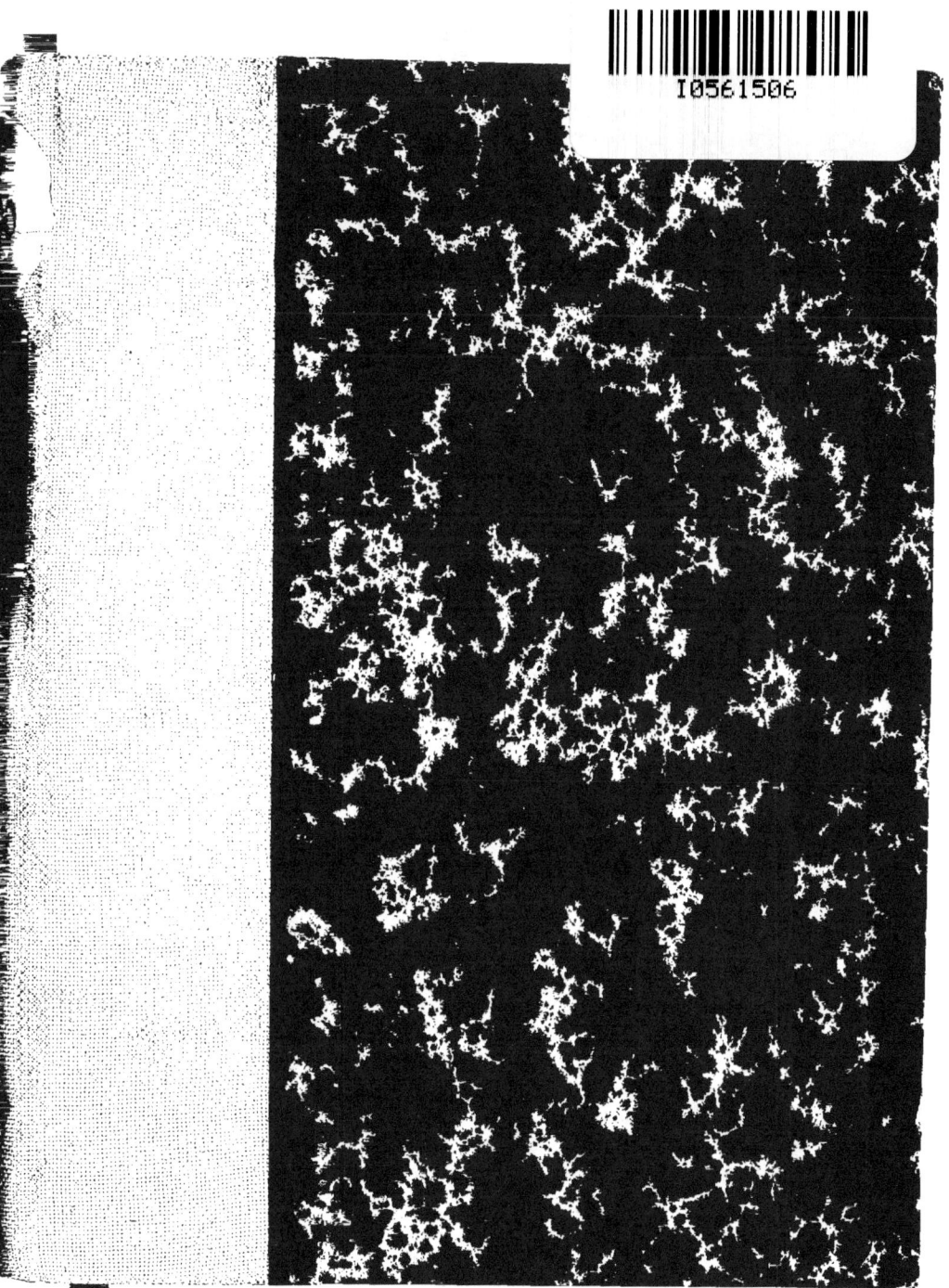

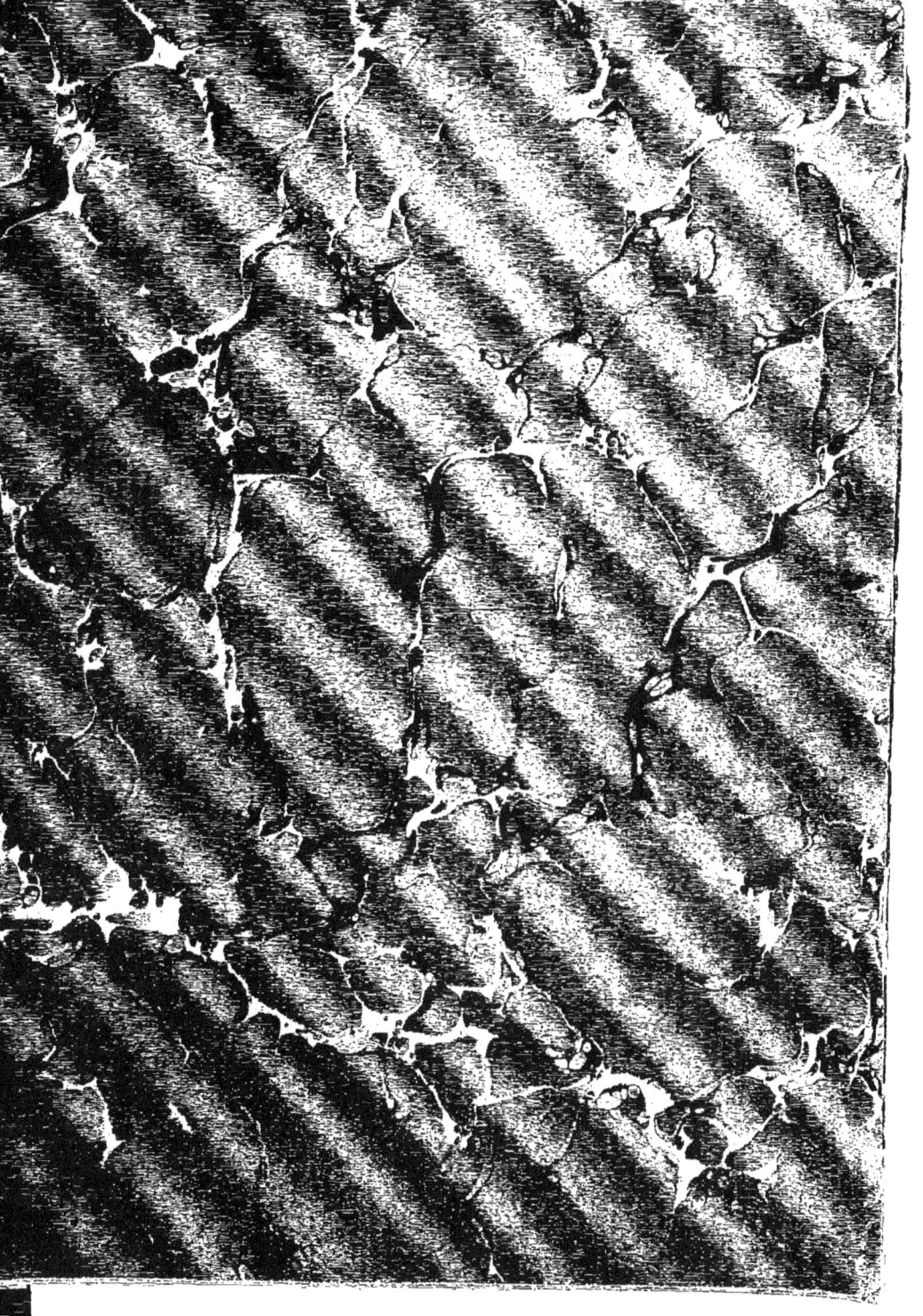

POMMIER Georges

LOUIS BRECHEMIN

JOYEUSES

CHRONIQUES PARISIENNES

796

PARIS

LÉON AUBINEAU

IMPRIMEUR-ÉDITEUR

30, RUE DU TEMPLE

JOYEUSES

CHRONIQUES PARISIENNES

POUR PARAITRE EN OCTOBRE PROCHAIN

LES PÉCHÉS DE LA MARQUISE

(Histoire Parisienne)

LOUIS BRECHEMIN

JOYEUSES

CHRONIQUES PARISIENNES

PARIS

LÉON AUBINEAU

IMPRIMEUR-ÉDITEUR

30, RUE DU TEMPLE

VERY SHOKING

VERY SHOKING

A Ernest d'Hervilly.

A grande porte du château de Beuvy franchie, la première pièce qui s'offrait aux regards était une antichambre, de vastes proportions, sur un des côtés de laquelle une superbe vitrine en vieux chêne laissait apercevoir une collection de fusils modernes du plus bel entretien. Aux trophées, accrochés un peu partout, des carniers, des poires à poudre, des ceintures à cartouches, des couteaux de chasse, des cors avaient été suspendus. Assurément on se trouvait dans la demeure d'un chasseur.

Le comte de Beuvy était, en effet, un amateur enragé des plaisirs cynégétiques, et sitôt que l'ouverture de la chasse arrivait, on voyait débarquer dans son castel nombre d'amis qui venaient collaborer, en sa compagnie, à la destruction de son gibier.

La comtesse, d'origine anglaise, très accueillante pour les amis de son mari, était malheureusement affligée d'une obésité qui lui faisait éprouver de grandes difficultés pour se déplacer. Cette quasi infirmité la rendait d'autant plus malheureuse, qu'elle aurait voulu surveiller d'un peu près sa nièce, Miss Georgina Linn, assez libre comme toutes les jeunes anglaises. Milady habitait depuis longtemps la France et avait si bien pris les coutumes des Français, qu'elle oubliait, qu'en sa jeunesse, elle n'agissait pas autrement que sa nièce. Et quand la gentille miss lui rappelait cette époque, elle ne manquait pas de lui répondre avec autorité : « Dans ce temps-là, je n'étais pas ta tante ! »

Miss Georgina avait près de vingt ans, et, lorsque le soir, dans sa virginale chambre de jeune fille, elle laissait se fermer le roman ennuyeusement moral qu'elle lisait dans son lit, naturellement elle songeait, qu'à son âge, il était nécessaire de se pourvoir d'un mari. Aussitôt sa vagabonde imagination évoquait deux gentlemen d'une correction absolue et tous deux fort amoureux de sa gracieuse personne. De fait, il y avait de quoi, pensait-elle parfois en se mirant dans sa glace.

Ses beaux yeux, d'un bleu sombre, semblaient bien faits pour allumer maint incendie contre lequel on n'a point encore inventé d'assurance. Ses cheveux, châtain-foncé, décrivaient une série de jolies courbes sur le front un peu bas et divinement modelé. Son teint était léger et doux comme celui d'un pastel de Boucher. Elle ressemblait beaucoup, du reste, à cette délicieuse *Coquette* que le maître a dessinée avec une si grande délicatesse de touche. Au surplus, qu'elle ressemblât à un pastel de Boucher ou à elle-même, c'était une jeune personne très digne de l'adoration perpétuelle que lui avaient vouée ses deux amoureux. Par exemple, son embarras était extrême, en songeant qu'il lui faudrait choisir entre eux.

Tous deux étaient Parisiens, distingués, charmants causeurs, excellents tireurs, cava-

liers accomplis enfin. Marcel de Caumen était
bon musicien et possédait une jolie voix de
baryton ; Valéry de Courbès, dessinait parfaitement et savait laver une sépia avec une
perfection et une rapidité rares. Le premier
ciselait les vers d'une façon remarquable, le
second débordait d'esprit et de verve, et
lorsqu'il entamait une de ses histoires abra-
cadabrantes, il soulevait une hilarité à rendre
jaloux le premier comique du Palais-Royal.
Cet esprit avait même failli lui coûter cher.
Se promenant, quelques jours auparavant,
en compagnie de miss Georgina, il lui avait
raconté une histoire légèrement scabreuse.
Elle, très rigide, malgré ses allures assez
libres, lui avait quitté le bras immédiatement
et s'en était allée prendre celui de son rival.
Pendant deux jours les actions de Valéry de
Courbès furent en baisse ; elles étaient remon-
tées un peu depuis, et pour les faire arriver
au pair, il peignait en ce moment une jolie
aquarelle destinée à la jeune miss.

Marcel de Caumen et Valéry de Courbès,
avaient été élevés ensemble. Un peu cousins
même, leur rivalité. en amour, n'amoindris-

sait en rien leur vieille amitié. Du reste, il était bien entendu entre eux que le vainqueur (s'il y en avait un) n'en voudrait jamais à l'autre.

Les choses en étaient à ce point quand un incident vint lever toutes les indécisions de la mignonne nièce de la majestueuse comtesse de Beuvy.

*
* *

Ce matin là on devait chasser au lièvre. A l'extrémité du parc du château de Beuvy, un petit bois s'étendait au pied d'une côte, à moitié couverte de vignes, où les lièvres se réfugiaient souvent en société de pacifiques lapins. Après la collation habituelle, les chasseurs partirent. Marcel et Valéry avaient prié miss Linn de les accompagner ; elle avait accepté. Là-dessus l'indéfiniment longue Mlle Baudin, sa gouvernante, se récria prétendant qu'elle ne pouvait suivre les chasseurs.

« Vous portez trop de métal sur vous,

mademoiselle, c'est pourquoi vous ne pouvez
marcher », lui répondit gravement Valéry.
La vieille fille le regarda d'un air étonné et
jetant un regard sur son corsage d'une pla-
titude à faire envie à une plaine de la Bauce,
elle comprit. Ce corsage était, en effet, litté-
ralement bardé d'épingles et d'aiguilles

« C'est pour *piquer* votre curiosité, monsieur. » Répliqua-t-elle avec aigreur.

« Des mots, mademoiselle Baudin fait des
mots ! — s'écria le jeune homme avec une
terreur comique... — vite, miss, fuyons, la
place n'est plus tenable ! » et Valéry entraîna
rapidement la jeune fille et son inséparable
ami. La gouvernante déploya son immense
compas afin de les rejoindre, mais sa haute
taille la gênait. Au bout de quelques minutes
elle s'arrêta soufflant, haletant, éreintée.
En désespoir de cause, elle reprit le chemin
du château.

« Elle va tenir compagnie à la tante, puisque la nièce l'abandonne, dit Marcel en la
regardant s'éloigner.

— Je comprends cela, reprit Valéry, elles
font si bien l'une auprès de l'autre : on dirait

l'obélisque en pendant avec l'Arc de Triomphe.

— Soyez donc un peu plus respectueux
envers ma tante...

— Que voulez-vous, miss, je lui en veux
de me préférer de beaucoup Marcel... puis
les gens gras m'ont toujours agacé les nerfs...;
oh ! les gens gras !... ainsi, votre tante, il
faut prendre le chemin de fer de ceinture
pour faire le tour de sa taille ?

— Cette fois, c'est trop fort ! Vous dépas-
sez les bornes, Valéry. Si vous continuez, je
serai forcée de me priver de votre société.

— C'est bien, belle Georgina, je ne recom-
mencerai plus. » Malgré son indignation,
miss Linn, ne pouvant plus se retenir, envoya
une perlée de rires frais, qui résonnèrent
joyeusement, tout en découvrant une double
rangée de dents éblouissantes : — De la
nacre dans une prison de corail.

On approchait du rendez-vous des chasseurs. Les groupes s'étaient éparpillés et
quelques coups de feu annoncèrent que le
gibier devait se montrer. A tout hasard,
miss Linn et les deux jeunes gens armèrent

leurs fusils. La charmante anglaise avait une
fort belle carabine à un coup dont elle se
servait avec une grande habileté. Elle était
vêtue d'un ravissant costume en velours
vert : blouse longue serrée à la taille ; large
pantalon ; jupe tombant sur le genou ; guê-
tres et gros souliers qui trouvaient encore le
moyen d'être jolis tant ses pieds étaient
petits.

Tous trois cheminaient depuis vingt
minutes. Valéry, contre son habitude, ne
disait mot et paraissait pris de malaise. Tout
à coup, un lièvre épeuré fila rapidement
devant eux, miss Georgina le mit en joue et
tira.

« Touché, s'écria Valéry, attendez-moi, je
vais vous le rapporter de suite. » En disant
cela, le jeune homme s'enfonça dans le petit
bois vers lequel venait de se diriger le lièvre.
Une fois hors de vue, dissimulé par le taillis,
il fit un crochet et arriva rapidement au bas
de la côte aux vignes. Cette partie, malgré
son nom, n'était aucunement couverte de
vigne, seuls, quelques pieds de bruyère garnissaient le sol argileux. A chaque pas, des

terriers à lapins montraient leurs trous
béants.

Valéry poussa un long soupir de satisfaction ; en cet endroit, il n'avait pas à craindre
les indiscrets. Déposant son fusil devant lui,
il... mais pardon, ceci outrepasse les limites
de la description. Il s'était placé devant un
terrier à lapin et... — ici, chère et très adorable lectrice, je vous prierai de placer un
flacon de pure eau de Cologne sous vos narines roses et de recevoir les mille excuses
que votre dévoué serviteur vous adresse
pour être obligé de vous donner quelques
indispensables détails — et il essayait, mais
en vain, de résoudre le problème de la chute
des corps (corps composés affirmerait
M. Wurtz de l'Institut). Par suite de l'accom-
plissement de cette fonction, hélas trop naturelle, Valéry oubliait tout : le lièvre blessé,
l'endroit où il se trouvait, et que son ami et
miss Georgina devaient être à sa recherche.

Or, tandis qu'il était plongé... dans un
anéantissement complet de lui-même, un
léger bruit se fit derrière lui. Du terrier,
sortit un lapin qui, d'un bond, sauta sur ses

épaules, de là, sur le sol et s'enfuit de toute
la vitesse de ses quatre pattes. Saisi à l'improviste, le jeune homme ne put retenir un
léger cri ni s'empêcher de s'étaler tout de son
long sur son fusil. Il tomba si malheureusement que les chiens s'abaissèrent ; les deux
coups partirent simultanément. Son cri et
ses deux coups de feu furent suivis d'une exclamation qui fit plus d'effet à ses oreilles
que la trompette de Josué aux murs de Jé-
richo.

« Oh Very Shoking ! » Et miss Linn qui
avait été attirée par le bruit se couvrit le
visage de ses petites mains en voyant l'horrible spectacle qui s'offrait à ses yeux. Valéry
était étendu dans une position horizontale
totalement indescriptible.

Lors, tandis que miss Georgina s'enfuyait
indignée, que Marcel de Caumen riait à s'en
rendre malade, que Valéry de Courbès se rha-
billait consterné, les oiseaux continuaient de
gazouiller dans les branches, les senteurs
odorantes des fleurs, des prés, des bois de
monter vers les cieux et le vent léger et doux
des premiers jours d'automne de vous enve-

lopper de caresses aussi douces que la voix
d'une femme amoureuse.

Rentrée au château, miss Georgina Linn
déclara formellement qu'elle n'épouserait
jamais un homme dont elle avait vu le... yes !
vous avez compris. Désespéré, Valéry partit
pour l'Italie, voulant, disait-il, aller enterrer
son amour sous les ruines du Colisée.

Ce coquin de Marcel de Caumen avait-il de
la chance, hein ?

*
* *

Trois mois après (on était en plein hiver)
Marcel de Caumen, entrant chez un orfèvre
très en renom, fut assez étonné d'y rencontrer Valéry.

« Depuis quand es-tu de retour à Paris,
lui demanda-t-il.

— Depuis deux jours...

— Je m'explique alors que tu ne m'aies pas
fait prévenir de ton arrivée.

— Je suis allé hier au foyer de l'Opéra, on
m'a dit que tu devais venir ; je t'ai attendu,
mais en vain... au reste je n'ai pas perdu

mon temps, j'ai fait une conquête. Vingt ans,
mon cher, toutes les séductions d'une femme
de trente, la fraîcheur en plus.

— Tu veux parler d'Alida.

— Oui, tu la connais ?

— C'est pour elle que j'ai commandé l'objet
que voici ! » Et Marcel de Caumen ouvrit un
magnifique nécessaire dont les pièces princi-
pales étaient en cristal taillé avec couvercles
en or guilloché et chiffres en or sur chaque
pièce.

« Ah! par exemple, c'est singulier elle m'en
a demandé un tout semblable...

— Si tu la connaissais mieux, tu saurais
que c'est sa monomanie de posséder tout ce
qu'on lui donne en double. Ainsi, dernière-
ment, elle s'est brouillée avec le duc de T...
parce qu'il n'avait pas pu lui donner deux
exemplaires d'un tableau rarissime de Wa-
teau...

— Je n'ai pas besoin de vous donner d'ex-
plications, dit alors Valéry à la personne à
laquelle il s'était tout d'abord adressé, faites-
moi un nécessaire pareil à celui-ci et envoyez-
le à la même adresse avec cette carte

dedans. » Prenant ensuite le bras de son
ami, ils sortirent du magasin.

« Décidément, reprit-il aussitôt qu'ils furent dehors, nous serons donc toujours rivaux... pourtant tu dois être marié ! Mme de
Caumen ne te donne-t-elle pas toutes les
satisfactions désirables ?

— Mais je suis aussi garçon que toi !...

— Et miss Georgina ?

— Une sotte, une pimbêche, nous nous sommes fâchés à mort à propos d'une question de
patriotisme. Elle s'est promise alors de n'épou-
ser qu'un Anglais et elle s'est tenue parole.

— Le nom de la victime.

— Reakson ! Ce richissime anglais que tu
avais tant étonné, le jour de son arrivée, en
lui affirmant, je ne sais plus à propos de quoi,
que l'Obélisque était le point d'exclamation
de la place de la Concorde.

— Ah oui ! je me le rappelle... il faisait de
la musique avec toi...

— Avec moi ! tu n'y songes pas, s'écria
Marcel indigné, il n'avait pas le moindre sens
musical ni un atôme de voix et chantait
comme un âne.

— Alors non pas comme un âne, attendu que maître Aliboron brait pour avoir du son tandis que ton Anglais chantait pour en donner.

— Malheureux, l'Italie ne t'a pas changé! »

Et comme il était près de midi les deux amis s'en allèrent déjeuner ensemble.

LE BUSTE DE VERCHEUIL

LE BUSTE DE VERCHEUIL

I

A Joseph Gayda.

E célèbre professeur Vercheuil n'avait
jamais voulu laisser faire son portrait. Certes, il était laid. Mais c'est
un fait dont un homme convient difficilement ;
il est donc présumable qu'il devait y avoir
une autre raison : laquelle ?... Personne ne l'a
jamais su.

Comme il était une des sommités de la
science, des photographes indiscrets avaient
essayé, à plusieurs reprises, de pénétrer dans
son domicile, voulant, à l'aide des rayons
solaires, fixer son image. Cette considération
éminemment scientifique n'avait pas empêché
le savant de les mettre tous à la porte, avec

une brusquerie capable de faire taire un
aveugle criant sur un pont.

Pourtant le gouvernement, désirant avoir
le portrait du célèbre professeur, chargea un
sculpteur de talent, Valio, de lui faire le buste
de Vercheuil. Grand embarras du sculpteur
qui connaissait la manie du modèle dont il
était chargé de reproduire les traits dans un
Paros immortel. Après de longues hésitations,
Valio vit bien qu'il n'y avait qu'une chose à
faire pour mener à bonne fin son entreprise,
c'était d'aller trouver le savant et d'aborder
résolument la question, ou, comme dit le vulgaire, saisir le taureau par les cornes.

Surtout, madame ou monsieur, qui écoutez
cette histoire, n'allez pas prendre ceci pour
une intention malveillante, car Vercheuil est
garçon et l'on ne lui a jamais connu d'autre
passion que celle de la science.

Or, un matin, vers le commencement du
mois d'avril, Vercheuil se promenait, tout
allègre, dans le grand jardin avoisinant la
salle où il venait de terminer l'avant-dernière
séance de son cours sur la diffusion des
espèces.

Onze heures venaient de sonner.

Le ciel, sous l'action des rayons du soleil, commençait à s'opaliser. Une douce brise tempérait un peu la chaleur, déjà très forte à ce moment, et soulevait légèrement les feuilles nouvelles montrant, sous une grande poussée de sève, leurs petites pointes verdoyantes, toutes timides au rayonnant soleil, comme une jeune fille sortant de son couvent et se voyant tout à coup transportée dans le flamboiement animé d'un grand bal. Des voix rossignolantes d'oiseaux s'échappaient de tous les buissons. Parfois un pierrot, hardi comme un gamin de Paris qu'il était, venait insolemment becqueter, presque sous les pieds du savant, une miette de pain jetée par quelque enfant sans doute.

Et la délicieuse teinte irisée du ciel, et les effluves printaniers qui s'exhalaient de tous les coins du jardin; et les gazouillis d'oiseaux qui montaient ou descendaient des arbres, des buissons ; rien ne pouvait détourner le savant du rêve dans lequel il était plongé. Rien ! pas même cette jolie statue de marbre dont la nudité offrait aux regards des

promeneurs de l'allée, la délicatesse eu-
rythmique de ses formes. Le professeur Vercheuil était tellement absorbé par son idée
qu'il ne daigna pas accorder un seul regard
à la pauvre statue.

Son idée, son rêve allait enfin se réaliser !

Dans quelques jours son livre allait paraître !... Ce livre qui résumait trente-cinq
années d'études, lui semblait devoir produire
un bouleversement général dans la méthode
scientifique actuellement admise. Et le professeur se surprenait à jeter un regard de
dédain sur la rosette d'officier qui décorait
sa boutonnière, la trouvant bien osée d'étaler
ainsi sa petite tache sanglante sur le noir de
sa redingote.

« Avant peu, se disait-il, la croix de commandeur remplacera cette rosette d'officier. »

Vercheuil avait cette faiblesse : il aimait
les décorations. C'était encore une énigme
du caractère de ce singulier personnage,
dont la laideur extrême faisait dire à ses
élèves : C'est un singe à intelligence exa-
gérée.

Le professeur voguait donc, toutes voiles

dehors, à travers le bleu qui est, on le sait,
la couleur préférée du bonheur, quand, tout
à coup, il fut tiré de sa rêverie par une voix
lui posant ce point d'interrogation :

« Est-ce bien au très célèbre professeur
Vercheuil que j'ai l'honneur de parler ? »

La personne qui troublait ainsi la douce
quiétude du savant était un homme assez âgé
et dont le dos légèrement voûté faisait paraître
la stature moins élevée qu'elle n'était réellement. La figure, adipeuse, à laquelle une
forte paire de moustaches et une longue bar-
biche blanches donnaient un bel air martial,
était couronnée d'une chevelure très touffue
prenant, par moments, de faux airs de cri-
nière. Mais ce qu'il y avait surtout de remarquable dans cette physionomie : c'était les
yeux. Des yeux vifs, brillants, perçants ainsi
qu'une lame d'acier, dont la rétine reflétait
comme un rayonnement intérieur, des yeux
de vingt ans dans une figure de soixante. On
se sentait en face de quelqu'un. Le ruban de
la Légion d'honneur était attaché à la boutonnière de l'inconnu.

« Je suis bien la personne que vous dési-

gnez, » répondit le savant à son inter-
pellateur qui se trouvait être le sculpteur
Valio.

« C'est ce que je pensais, reprit l'artiste
avec un accent méridional très prononcé,
aussi je vous prierai, monsieur, de venir poser
dans mon atelier pour me permettre de faire
votre buste dont le gouvernement m'a confié
l'exécution. »

La stupéfaction du savant fut telle qu'il ne
trouva rien à répondre à l'artiste qui, fort
tranquillement, achevait de fumer un gros
cigare. Il ne pouvait pourtant pas l'envoyer
promener comme il l'avait fait précédemment
avec les photographes qui étaient venus l'ob-
séder jusque dans sa maison. Un artiste ! un
homme de talent sans doute !... et décoré !...
Cette dernière considération l'emportait sur
toutes les autres dans l'esprit du savant et
lui donnait beaucoup à réfléchir. Valio voyant
que son futur modèle ne répondait rien crut
avoir remporté la victoire et le prenant fami-
lièrement sous le bras, il lui dit :

« Maintenant, mon cher professeur, venez
déjeuner avec moi et vous me donnerez, en-

suite, une petite séance pour la première ébauche. »

Ces dernières paroles rendirent à Vercheuil toute son énergie et, détachant tout à coup son bras de celui du sculpteur, il s'enfuit en courant malgré les soixante-dix printemps qui, s'appesantissant sur son front, lui confectionnaient un hiver sérieux.

Là se borna la démonstration du savant à l'artiste.

Valio, pourtant, ne se tenant pas pour battu, se mit à poursuivre Vercheuil avec la même ardeur que ce dernier mettait à le fuir. Et les gens qui se promenaient dans le jardin regardaient ébahis ces deux hommes graves qui se poursuivaient. La partie se trouvait être presque égale, car si le savant avait dix ans de plus que le sculpteur, il était moins gros et son brusque départ lui avait donné le temps de prendre une avance d'au moins vingt-cinq mètres. Mais cette avance fût bientôt perdue et le sculpteur, se rapprochant insensiblement du savant, allait enfin le saisir lorsque, celui-ci, sortant du jardin, se précipita vers une petite porte qu'il ou-

vrit et derrière laquelle il disparut brusquement.

Valio regarda la maison d'un air déconfit
puis rentra dans le jardin, tout en s'épon-
geant le front. Il s'assit sur un banc, tira un
album de sa poche et esquissa, à grands
traits, la figure de celui qu'il venait de poursuivre avec tant d'acharnement. C'était un
commencement de vengeance!

L'esquisse achevée, il se releva et, tout en
se dirigeant du côté de son atelier, il murmu-
rait entre ses dents : « Je te repincerai! »

II

Rentré chez lui, le professeur Vercheuil
déjeuna d'un fort mauvais appétit. Sa gouvernante en était très intriguée.

Monsieur, pensait-elle, était si gai les jours
précédents, il mangeait si bien! « Monsieur
aurait-il eu quelque contrariété? demanda-t-
elle enfin au savant.

— Cela ne vous regarde pas, répondit-il
d'un ton bourru. »

La gouvernante, blessée par cet accueil

inaccoutumé, se retira d'un air glacial et son maître dut la sonner jusqu'à trois fois pour se faire servir le reste de son déjeuner. Au moment où elle allait sortir, le professeur lui dit :

« Vous me servirez mon café dans mon cabinet. »

La gouvernante, en s'en allant, acquiesça du bonnet tout fraîchement blanchi, dont les tuyautés faisaient une auréole lactée autour de sa maigre et vilaine figure.

En entrant dans son cabinet, le regard de Vercheuil tomba sur les premiers feuillets de son ouvrage dont l'éditeur venait de lui envoyer les épreuves.

A cette vue, toute sa mauvaise humeur s'évapora comme une pluie d'orage sous les chauds rayons du soleil. Les sculpteurs et les photographes n'étaient plus de ce monde... le Monde, lui-même, existait-il pour lui ? non ! Seuls, deux êtres vivaient sur la terre : Le livre et celui qui l'avait fait. Un nouvel être, représenté par une tasse de café, vint compléter le trio des vivants.

Et, dans ce moment, l'on eût bien étonné

le savant en lui disant qu'il existait d'autre
monde que son cabinet et d'autres êtres que
cette tasse qu'il humait avec une douce satisfaction en lisant ce livre, produit par son
génie et exhalant un parfum d'encre d'impri-
merie dont la bonne odeur venait lui cha-
touiller délicieusement les nerfs olfactifs. Il y
avait à peine une dizaine de coquilles insi-
gnifiantes, il fallait de suite reporter les premières épreuves de l'ouvrage à l'éditeur.

L'éditeur!... La création recommençait, un
quatrième être vivait!

« Gertrude! mon chapeau, mon paletot! »
Vercheuil redescendait sur la terre.

La gouvernante paraissait, apportant les
objets qu'on lui avait demandés. Et, tout en
mettant son manteau, une idée lancinante
vint s'implanter dans le cerveau du savant.
Oui, le monde existait et les sculpteurs
aussi! Celui de ce matin était sans doute devant sa porte. C'était présumable après l'acharnement qu'il avait mis à le poursuivre deux
heures auparavant.

Le professeur regarda dehors avec angoisse,
mais il ne vit dans le jardin qu'une bonne

avec deux jeunes enfants auxquels un mili-
taire apprenait à jouer au cerceau. Ce calme
tableau rasséréna le front du savant. Il se
hasarda jusqu'à sa porte... toujours rien.
Sans encombre, il put aller jusqu'à la rue de
l'École-de-Médecine où demeurait son éditeur
et revenir de même.

  Rien de désagréable n'étant survenu, Vercheuil, en se couchant le soir, s'endormit d'un
calme sommeil.

III

  Depuis deux jours, Valio travaillait fiévreusement dans son atelier et le bloc de glaise,
posé sur un support en bois, commençait à
prendre une forme humaine. Le pouce du
sculpteur, aplati comme une véritable spa-
tule, enlevait un morceau d'un côté, en ajou-
tait un d'un autre, montait, descendait, tour-
noyait autour de cette matière malléable qui
semblait s'agiter dans un frisson de vie sous
l'ardente inspiration de l'artiste.

  « C'est égal, Sosthène, disait-il à son praticien, en s'arrêtant un moment de son tra-

vail, j'aurai de la peine à finir la tête de cet
animal qu'on ne peut arriver à faire poser. »

Le praticien dégrossissait un marbre dont
le modèle en glaise était posé à quelques pas
de lui. Au bout de peu de temps, Valio rompit
de nouveau le silence :

« Ça ne vient pas, disait-il, ça ne vient pas!
Il faut que je le voie encore... mais où diable
pourrais-je bien le rencontrer?...

— « A quelle heure fait-il son cours? » demanda le praticien.

« — Tiens, c'est une idée! s'écria le sculpteur. Vite une voiture, j'ai au moins une
demi-heure d'avance pour y arriver; son
cours n'a lieu qu'à dix heures. »

Un quart d'heure après, la voiture de Valio
le descendait à la porte de la salle où se tenait le cours du professeur Vercheuil. Mais
un obstacle imprévu faillit empêcher l'artiste
de pénétrer dans la salle : Il n'avait pas de
carte! Cet indispensable objet lui fut heureusement prêté par un élève qui, prétendant avoir perdu la sienne, s'en fit délivrer
une nouvelle.

Valio avait fait part de son projet à plu-

sieurs élèves qui s'entendirent pour le dissimuler derrière eux. De cette façon il pourrait
à son aise examiner leur professeur. Dix
heures sonnèrent et Vercheuil entra.

Il arrivait tout joyeux, le brave professeur.
La serviette qu'il portait sous son bras avait
un gonflement inusité. C'étaient les épreuves
du fameux ouvrage qui lui donnaient cet
aspect imposant et rendaient le savant si
joyeux. Il s'oublia même jusqu'à dire à ses
élèves : « Bonjour mes enfants! »

Il s'assit enfin derrière la table placée au
bout de la salle et recouverte du traditionnel
tapis vert, déplia sa serviette, en tira quelques papiers et commença son cours. Voulant
faire une démonstration pour rendre sa pensée plus claire, le professeur se leva; après
avoir pris de la craie de différentes couleurs,
il se mit à dessiner au tableau certaines parties du cerveau dont il avait besoin pour une
comparaison.

« Bon! le voilà qui bouge encore! » ne pût
s'empêcher de dire Valio.

Cette exclamation fit retourner Vercheuil,
dont le visage se contracta d'une façon moins

que plastique en apercevant l'artiste croquant
son crâne, mais sans s'occuper de la substance
intérieure que le savant dessinait au tableau.

La stupéfaction du professeur fut de courte
durée. Sans perdre de temps, il saisit sa chère
serviette en oubliant même son chapeau, et,
trouvant que la porte était trop loin, il s'enfuit par la fenêtre, laissant son cours ina-
chevé et ses élèves stupéfaits de ce brusque
départ.

« Ne vous troublez pas, leur dit Valio pour
les consoler, je le tiens! » Et, refermant son
carnet, il sortit triomphant de la salle des
cours...

IV

Vercheuil n'avait plus désormais une minute de repos. Toujours il craignait de voir
apparaître le maudit sculpteur! Sa gouvernante avait reçu l'ordre de ne laisser entrer
personne dans la petite maison qu'il habitait
seul. Il ne sortait plus. Ses élèves attendaient
toujours qu'il vînt achever la dernière séance
de son cours si brusquement interrompue. Le
sommeil s'était transformé, pour lui, en un

éternel cauchemar dans lequel il voyait passer et repasser une multitude de minuscules
photographes, munis d'immenses appareils
qu'ils braquaient sur lui comme autant de
machines infernales; et, au lieu de balles,
c'étaient des portraits qui sortaient et venaient
tomber aux pieds de l'infortuné savant, dont
l'image se multipliait à l'infini. Et les Vercheuil, s'accumulant toujours, finissaient par
former un monceau énorme de figures gro-
tesquement convulsées.

Mais le plus terrible de tous ces bourreaux,
c'était Valio.

Il était là, dans un coin, calme devant une
montagne de marbre dans laquelle il enfonçait son ciseau avec une furie toujours crois-
sante; l'informe matière se transformait peu
à peu et le colossal visage se dessinait avec
plus de clarté. Le front, les yeux, le nez, la
bouche, les oreilles, tout cela se dégageait
lentement de l'ombre marmoréenne. Le fan-
tôme de marbre devenait être vivant.

Oh! ce bruit du ciseau s'enfonçant dans la
pierre?... Oh! ce grincement de la lime arrondissant les contours!...

Cela faisait passer comme un frisson de glace dans les veines du savant. Par moments il lui semblait que le ciseau s'enfonçait dans sa chair même... que la lime frottait sa bande étroite et rugueuse contre son épiderme, et, se débattant sous l'étreignant cauchemar, il se réveillait couvert d'une sueur froide en criant : « Grâce ! grâce ! »

Bien que les épreuves du fameux ouvrage fussent entièrement corrigées et livrées à l'impression, l'auteur ne pouvait se décider à aller trouver son éditeur. Cette visite eût pourtant été très utile pour faire presser l'apparition du livre. Mais cette considération ne put soustraire Vercheuil à la claustration...

De son côté, Valio avait également fermé sa porte à tout le monde ; seul, le praticien tenait compagnie à l'artiste qui, depuis un mois, travaillait avec acharnement. Le buste de Vercheuil était à peu près fini, et le sulpteur parachevait le marbre, affreusement ressemblant, qui se dressait sur un socle de bois. Pourtant, Valio ne paraissait pas content ; il tournait autour de son œuvre en murmurant:

« Il y manque je ne sais quoi!... »

Il avait, heureusement pour lui, trouvé le
moyen de revoir le savant, au moins une fois !
Vercheuil avait encore sa mère, bonne femme
de près de quatre-vingt-dix ans, qui, considé-
rant son fils comme un demi-dieu, était désolée
de ne point voir son portrait figurer chez les
marchands de photographies, comme tous ceux
de ses confrères. Aussi fut-elle fort réjouie
en apprenant qu'on devait faire le buste de
son savant. Elle se fit transporter chez Valio
et obtint facilement de celui-ci la permission
de venir voir, de temps en temps, *si la figure
de son fils avançait.*

C'est pourquoi le sculpteur fit porter un
mot chez Mme Vercheuil, lui disant d'écrire à
son fils de venir la voir tout de suite.

Vercheuil était en train de déjeuner quand
on lui apporta la lettre de sa mère. Aussitôt
après l'avoir lue :

« Allez me chercher une voiture fermée, »
cria-t-il à sa gouvernante.

Cinq minutes après, le professeur montait
précipitamment dans la voiture qui venait de
s'arrêter à sa porte. Il prit la précaution de

baisser les quatre stores, et, s'asseyant au
fond de son fiacre, il se remit à lire la lettre
que sa mère lui avait adressée. Il cherchait à
comprendre le pourquoi de cette lettre. Sa
mère ne se disait pas malade ; l'écriture était
un peu tremblée, chose assez naturelle, vu
l'âge de la bonne vieille. Vercheuil était très
intrigué. Peut-être sa mère voulait-elle enfin
venir habiter chez lui, ce à quoi elle n'avait
jamais pu se décider jusque-là, sans vouloir
lui en donner la raison. Pendant que le savant se creusait ainsi la cervelle, la voiture
ne bougeait pas de devant sa porte ; à la fin,
impatienté, il demanda au cocher ce que cela
voulait dire, et celui-ci lui répondit :

« Mais, bourgeois, vous ne m'avez pas donné
d'adresse ! »

C'était vrai ! Dans l'émoi de sa première
sortie, depuis un mois, il avait oublié de donner à son cocher cette indispensable indication.

Il répara cet oubli, et la voiture partit.

Dans son coin, le savant commençait à
somnoler un peu lorsque, tout à coup, la voiture s'étant arrêtée, il sentit grincer le bouton
de la portière.

« Ciel ! pensa-t-il effrayé, le sculpteur ! »

S'élançant sur la poignée, placée à l'intérieur du fiacre, il mit toute son énergie à
maintenir la portière fermée ; il sentit qu'on
cédait enfin... O terreur! ce fut de l'autre
côté qu'on ouvrit !...

Le professeur, se retournant, fut tout sur-
pris de voir la tête d'un gardien de la paix, à
qui cette voiture si hermétiquement close
avait semblé suspecte. Très confus de sa méprise, le gardien de la paix referma la portière
en s'excusant, et la voiture reprit sa marche.

On arriva.

Vercheuil, un peu remis de son émotion,
montait joyeusement l'escalier, qui le conduisait embrasser sa bonne vieille, comme il
disait, lorsque, arrivé au troisième, il aperçut, assis sur un coffre, le sculpteur Valio
qui, le saisissant par le bras, lui dit :

« Deux secondes, mon cher professeur,
deux secondes. »

Le regard aigu de l'artiste n'eut, en effet,
pas besoin de plus de deux secondes pour
fouiller la physionomie du savant, et laissant
ce dernier ahuri par la surprise, il s'en alla

en disant avec son mordant accent de gascon :

« Je suis content, cher monsieur, je n'ai plus besoin de vous voir ! »

Une fois monté chez sa mère, les bonnes paroles de la chère vieille ne tardèrent pas à faire oublier au savant les ennuis qu'il avait éprouvés depuis quelque temps. La brave femme lui démontra même que Valio n'était qu'un mauvais plaisant et qu'on ne pouvait faire un buste sans modèle. Tout en disant cela, elle souriait dans sa barbe, car la vieillesse avait un peu fourni son menton de cet ornement, apanage ordinaire du sexe fort.

Vercheuil, beaucoup plus calme lorsqu'il descendit de chez sa mère, s'était décidé, sur ses conseils, à clôturer le surlendemain son cours si inopinément interrompu. Il profita de sa sortie pour se faire conduire chez son éditeur, qui attendait incessamment les premiers exemplaires de son ouvrage.

Le célèbre professeur eut un sommeil très calme la nuit qui suivit cette journée.

V

Oh ! le joli temps qu'il faisait, ce matin de mai, quand Vercheuil sortit de chez lui pour aller faire sa dernière conférence ! Un léger nuage pourtant obscurcissait le front du savant..., son ouvrage n'était pas encore paru. Il avait prévenu Gertrude que, si on l'envoyait pendant son absence, elle vînt le lui apporter elle-même à la salle où se tenait son cours. Mais tous les ennuis fuyaient peu à peu au souvenir de la lettre qu'il avait reçue de sa mère le matin. La bonne vieille lui annonçait qu'elle se ferait transporter jusqu'à l'*École* pour l'entendre et qu'elle viendrait ensuite déjeuner avec lui.

Tout en blâmant cette imprudence, Vercheuil ne pouvait s'empêcher de s'en réjouir. Il lui semblait voir sa mère disant fièrement au gardien : « Je suis la mère de Paul, je n'ai pas besoin de carte. »

Aussi le professeur devenait-il tout guilleret en se rapprochant de la salle des cours. Grand fut son étonnement en y voyant régner une animation insolite.

Tous ses confrères étaient réunis devant
la porte et lorsqu'il s'approcha, ses élèves le
saluèrent des cri de : « Vive Vercheuil ! Vive
notre professeur ! »

Il pénétra dans la salle et le plus jeune de
ses élèves lui remit un exemplaire de son
ouvrage, magnifiquement relié et imprimé
sur papier de Chine. C'était un cadeau des
élèves à leur professeur ; exemplaire unique
qu'ils avaient fait tirer à leurs frais. Vercheuil était très ému.

Tout à coup, en relevant la tête, il aperçut
au fond de la salle, rutilant sous une inonda-
tion de rayons de soleil, son buste en marbre
avec la croix de Commandeur sur la poitrine !
Le brouhaha des voix des élèves montait toujours, donnant à la grande salle, habituellement si calme, une animation extraordi-
naire ; tous les visages étaient joyeux.
L'ouvrage que Vercheuil tenait à la main,
jetait des rayonnements, et, dominant le tout,
son buste se détachait, superbe, plein de vie,
au milieu du large auréolement solaire. Ce
buste était un véritable tour de force, entrepris par Valio et accompli avec un rare talent.

La laideur de visage du savant était atténuée par l'élévation des pensées qu'on sentait s'agiter sous son front.

C'en était trop !... Vercheuil sentit ses jambes fléchir et, sans l'appui de deux de ses confrères, il serait tombé à terre. Le professeur s'était évanoui. Quand il revint à lui, son premier regard s'arrêta sur sa vieille mère dont le visage était baigné de larmes de joie. Elle était si contente, la bonne femme, de voir son fils dans toute sa gloire. Auprès d'elle Valio qui fixait Vercheuil de son regard gouailleur, mais bon, lui dit :

« J'espère que vous ne m'en voulez plus, mon cher monsieur !...

— Vous viendrez faire avec nous le déjeuner que je vous avais refusé », lui répondit le savant en lui tendant la main que l'artiste serra en acceptant le déjeuner.

Ce jour-là, pour la seconde fois de sa vie, le ponctuel Vercheuil n'acheva pas son cours.

PAUVRE PETITE MARIE

PAUVRE PETITE MARIE

A ma mère.

h ! papa, je suis bien mal ainsi !
L'homme chercha, pour son enfant,
une meilleure position.

Après l'avoir assise, presque droite, dans
le grand fauteuil et douillettement entourée
d'oreillers, il lui dit :

« Mignonne, il faut que je te quitte maintenant... la vendange ne peut attendre...

Oh non ! reste encore avec moi... il me
semble que je vais m'en aller dans si peu de
temps ! »

Du fond de la pièce, où se tenait la mère,
on entendit un sanglot étouffé. La sinistre
prédiction de sa fille lui avait résonné au
cœur comme un coup de marteau frappant

4

une enclume. Pâle, angoissée, elle attendait
la réponse de son homme.

« Allons, reprit-il, tu vois toujours tout en
noir... aujourd'hui tu vas mieux. On voit
comme un retour de roses sur tes joues. »

Ah ! comme il mentait, le pauvre homme.

La tête de l'enfant tranchait, en jaune, sur
le blanc mat des oreillers : elle était navrante
à voir.

Les yeux, encore agrandis par un demi-
cercle de bistre, tantôt fixes, tantôt sinistre-
ment mobiles, ne pouvaient retenir la flamme
de fièvre qui les envahissait et luisait, dans
la maladive figure de Marie, ainsi que les
mièvres clartés de deux cierges. La bouche
était creusée, aux coins, de deux profonds
sillons ; les lèvres apâlies comme une fraise
non venue à maturité. L'ovale du visage,
allongé, émacié, se terminait par un menton
pointu. Les pommettes ressortaient violem-
ment, le nez était si transparent qu'on croyait
voir le jour au travers de narines contractiles.

L'expression de souffrance continue devenait, sur le cher petit visage, la placide résignation qu'amène l'habitude.

S'il venait, en effet, des roses sur les joues
de la malade, ce n'était point des roses purpu-
rines, vivaces et resplendissantes de santé,
mais bien des églantines, aux couleurs étein-
tes, qui paraissent à demi-mortes en naissant.

« Tu ne veux donc pas rester avec moi,
père ?...

— C'est impossible, mon enfant, il faut que
j'aille à la vendange. »

Une larme se montra aux yeux de la
petite ; puis, roulant sur la joue, y laissa un
sillon humide qui semblait argenté.

« C'est impossible » avait dit le père et
c'était vrai !

La forge chômait depuis quelque temps (il
était maréchal ferrant) et la faim, elle, ne
chômait pas. Il fallait gagner de l'argent
pour subvenir aux besoins du petit ménage :
le médecin et le pharmacien avaient absorbé
toutes les économies.

Le temps de la vendange était heureusement arrivé ; le père en profitait pour gagner
quelques sous. Ainsi que tous les paysans du
bourg, il avait son petit lopin de terre à ven-
danger et la récolte était très belle.

« Tu auras du vin doux, dans quelques jours » dit-il, au moment de la quitter.

Du vin doux, c'était bien bon !

L'année passée, la petite Marie, déjà un peu souffreteuse, marchait presque allègrement. Elle avait fait les vendanges et trouvait fort attrayant le chemin rocailleux conduisant au pressoir, installé dans une de ces immenses caves, taillées en plein roc, comme elles le sont toutes en Touraine. Ce chemin, montueux, plein d'ornières, était bordé de hauts talus dissimulant le paysage. Mais, lorsqu'on atteignait le faîte, un panorama féerique se déroulait sous les yeux.

Le fond du paysage était bordé de collines, sur lesquelles s'étageaient des bois d'essences diverses où le vert profond des champs de vigne ressortait joyeusement. Le Loir s'allongeait en un immense ruban d'argent entre les grands peupliers y reflétant leurs silhouettes effilées.

Des points noirs s'agitaient, dans les vignes, avec l'animation d'abeilles butinant sur des sainfoins en fleurs. C'était les vendangeurs. L'air odorait mille parfums grisants.

Marie, juchée en haut d'un tertre, regardait le paysage mourir en des lointains bleuâtres. Assis près d'elle, son ami Georges Bertin lui racontait des histoires.

Georges Bertin avait vingt-quatre ans. Son jeune âge ne l'avait pas empêché de devenir presque célèbre. Un roman, couronné par l'Académie, une pièce à succès tirée de ce roman, le classaient parmi les *arrivés*.

Tous les ans, il venait passer cinq mois à la campagne, et la maison qu'il habitait était mitoyenne à celle du maréchal-ferrant. Il voisinait avec l'enfant, prenant en pitié sa figure pauvrette où s'annonçaient déjà les prémices de la terrible maladie.

Cette année là, il avait accompagné Marie Ledoux aux vendanges. Comme elle était fatiguée, il la distrayait pendant qu'elle reposait sur le tertre de verdure. Ensuite, ils étaient allés aux caves boire du vin nouveau et du cidre mousseux qui vieillissait en bouteilles. Enfin, la journée terminée, ils rentraient tout joyeux en se promettant de recommencer le lendemain.

Le temps des vendanges s'était évanoui

comme un nuage sous la poussée du vent. Georges Bertin partit pour Paris. Il semblait à l'enfant qu'un grand vide se faisait autour d'elle.

Avec l'automne, sa maladie s'accrut et finit par prendre des proportions effrayantes. Son pauvre corps chétif était secoué par une toux opiniâtre, glas de phtisique sonnant funèbrement dans la grande chambre où elle couchait. Le printemps apporta un léger mieux dans son état, mais les grandes chaleurs de l'été firent retourner ce mieux en mal. Enfin, lorsque revint l'époque des vendanges, la maladie était arrivée à son dernier degré.

Comme tous les ans, à cette époque, Georges Bertin était au bourg. A part lui et son père, l'enfant ne pouvait supporter la présence de personne, mais le père dut la quitter pour aller aux vendanges.

Elle écouta le bruit de ses pas s'éteindre peu à peu, une quinte de toux la secoua affreusement, durant plusieurs minutes; puis, résignée, sa petite tête éburnéenne retomba sur les oreillers blancs.

Soudain Marie tressaillit ; ses yeux se pail-
letèrent d'étincelles, comme dans les grands
jours de fièvre, un sourire erra sur ses lèvres
pâles, ainsi qu'un rayon de soleil sur une
fleur morte, c'est que Georges Bertin entrait.

Il embrassa l'enfant sur le front, s'assit
auprès d'elle et lui prit la main sans s'apercevoir que ce contact la faisait frissonner.

Comment aurait-il pu supposer qu'elle l'aimait ?... Bien qu'elle eût plus de seize ans
elle en paraissait douze, à peine ; aussi la
considérait-il comme une enfant.

Elle l'aimait !... depuis quand ?... elle ne le
savait pas elle-même. Son pouls battait avec
force lorsqu'il entrait et si, par hasard, leurs
regards se rencontraient, une sensation si
indéfinissable l'envahissait qu'elle ne pouvait
apprécier si elle ressentait de la douleur ou
de la joie.

Par la fenêtre de la chambre où ils se trouvaient, la vue embrassait de vastes prairies,
agrémentées d'une petite rivière où les éter-
nels peupliers profilaient leurs ombres. Quelques vaches tachaient, de blanc et de brun,
le vert des pâturages. Glissant au dessus des

collines, de petits nuages, que traversaient
des rayons de soleil, saillissaient comme des
flocons d'or en fusion, au milieu du ciel d'un
bleu légèrement grisâtre. Des piaillements
d'oiseaux montaient, assoupis, au travers de
l'atmosphère lourde.

Georges causait, Marie l'écoutait, toute
ravie.

Par moments, la mère traversait la chambre lançant, au passage, un regard jaloux du
côté du jeune homme « sa fille l'aimait mieux
qu'elle ! » C'était un grand chagrin, pour la
pauvre femme de sentir l'affection de son
enfant se porter tout entière, et sur son
mari, et sur leur jeune voisin. Elle finissait
toujours par se résigner en songeant que la
maladie, aigrissant les meilleurs caractères,
les rend inconsciemment injustes.

Depuis quelques instants Georges remar-
quait que les traits de sa petite amie s'alté-
raient. Les yeux s'étaient comme agrandis ;
la commissure des lèvres s'allongeait en un
rictus alarmant ; la poitrine, par intermit-
tences, se soulevait d'une façon convulsive.
Elle ouvrait la bouche, essayant d'aspirer un

air qui semblait ne pouvoir entrer dans ses
poumons usés.

A chaque instant, elle demandait à être
changée de place, Georges accédait à son
désir sans parvenir à lui donner le mieux
qu'elle souhaitait.

Soudain elle ressentit un spasme plus violent que les autres, suivi d'une sorte d'accal-
mie. Ses traits reprirent leur placidité habituelle, puis ses yeux fixèrent sur le jeune
homme un ineffable regard d'amour. Elle lui
passa les bras autour du cou et lui mit sur la
joue le seul vrai baiser qu'elle eût donné de
sa vie.

Dans ce baiser, sa petite âme alla rejoindre
les étoiles ; fleurs du ciel qui promènent la
nuit, leur virginité diamantée.

En sentant le baiser de Marie, Georges
avait tout compris. Il détacha, de son cou,
les bras de la jeune fille, et, après avoir
appuyé la tête si pâle, si maigre, contre les
oreillers, il abaissa les paupières sur les yeux
qui paraissaient conserver un fugitif reflet
de l'amour évanoui.

Le jeune homme pleurait.

Quelques minutes après, le père rentrait en courant. On venait de le prévenir que sa fille se mourait. Mais la mort était venue si rapidement que le pauvre homme ne retrouva qu'un cadavre à la place où, le matin même, il avait vu son enfant lui sourire.

Il se jeta sur le corps de sa fille, comme s'il eût voulu arracher à la mort une proie que la cruelle ne rend jamais.

La mère, muette, d'une pâleur marmoréenne, se tenait, toute droite, dans un coin. Elle sentait une étreignante angoisse lui monter à la gorge et ses sanglots ne pouvaient sortir !... Un cercle de fer lui étreignait la tête... sans que des larmes jaillissent de ses yeux.

Bientôt les voisins emplirent la chambre. Mais leurs banales condoléances ne purent atténuer la douleur des parents.

La mère avait habillé Marie dans son blanc vêtement de communiante pour la confier à la terre.

Le lendemain tout le village s'assembla devant la porte du maréchal-ferrant et le cercueil de Marie Ledoux fut porté à l'église.

La messe mortuaire dite, le funèbre cortège s'engagea dans la rue qui mène au nouveau cimetière.

La mère était restée à la maison ; le père et Georges Bertin conduisaient l'enterrement. Les femmes du village, tenant en mains des cierges allumés, et, couvertes, de la tête aux pieds, d'un voile noir, suivaient émues.

La grande rue s'allongeait poudreuse, bordée de maisons à un étage ; sur le pas des portes, de vieilles paysannes, que leur âge empêchait de bouger, se signaient quand la bière passait devant elles.

On arriva au cimetière.

Des roses fleurissaient sur les tombes. Les rayons du soleil carressaient joyeusement les croix qui se dressaient de tous côtés comme de larges et sombres épées enfoncées en terre, la poignée en l'air.

Le cercueil de Marie descendit lentement dans la fosse ; les sanglots des assistants semblaient rhythmer cette descente.

Soudain, apparut une femme, pâle, les yeux creusés de larmes... c'était la mère !

Voulant revoir encore une fois sa fille, elle était accourue jusqu'au cimetière. Sa douleur était épouvantable, et ses yeux pleuraient enfin.

Impérieuse, elle dit au fossoyeur.

« Ouvre la bière... je veux embrasser mon enfant ! »

On l'éloigna de force.

Le prêtre, très émotionné, achevait les prières suprêmes et, la terre étant presque au niveau du sol, il dit alors :

« *Requiescat in pace !* »

Tout était bien fini ! La foule s'écoula, le cimetière redevint désert.

Seul, Georges y resta. Il contemplait la tombe de sa petite amie.

La terre, fraîchement remuée, était inégalement surélevée. Quelques couronnes d'immortelles, blanches ou jaunes, pendaient aux bras de la croix. Par une touchante fantaisie, les enfants du village avaient jonché cette tombe d'un énorme bouquet de fleurs des champs. Pauvres fleurs cueillies du matin, et déjà s'assoupissant de leur dernier sommeil.

Georges se disait en les voyant : « la mort

est sans pitié ! » Puis il songea à ce pur
amour ignoré qui était le cœur de Marie, se
plaisant à se remémorer les incidents qui
avaient marqué les moments passés avec elle.
De menus détails, restés inaperçus, s'égre-
naient et mouillaient ses yeux.

« Chère âme ! qui m'as aimé, que n'ai-je su
te comprendre » dit-il avec un amer regret
en s'éloignant.

Les heures glissaient... Au loin, le ciel se
teignait de lueurs sanglantes. Tout dormait
dans le champ des morts. Le hululement
d'une chouette troubla, seul, le silence qui
bientôt y régna.

Georges dit un dernier adieu à la morte,
puis il sortit en murmurant :

« Pauvre amour : *Requiescat in pace !* »

MATINÉE DE CAMPAGNE

MATINÉE DE CAMPAGNE

A George Carpy.

Ding, ding, c'est l'Angelus qui sonne, il doit être six heures ! Comme on dort bien dans ces moelleux lits de plume et que l'on a de peine à les quitter !... Un rayon de soleil glisse heureusement à travers les persiennes et, venant vous caresser le visage, achève le réveil qu'avait commencé l'Angelus.

D'un saut, le lit est abandonné et les persiennes sont ouvertes. L'air vif du matin vient vous dessiller les paupières, toutes lourdes encore de sommeil. Sur la place, la vieille église s'étale dans sa massive lourdeur qu'une grosse tour carrée, surmontée d'un clocher, un peu penché, essaie en vain de rendre plus légère. Elle a cependant un air

5

fort vénérable, la vieille église ! Le temps
lui a tissé un manteau grisâtre qui s'allie
bien avec sa forme antique ; et, la voyant
ainsi, près de la maison d'école, on dirait
d'une de ces respectables aïeules avec sa robe
sombre et imposante, comme on en voit dans
les tableaux anciens, se trouvant rappro-
chée, tout à coup, d'une de nos jeunes élé-
gantes, mignarde et évaporée dans sa toilette
à la mode.

Le marteau du maréchal ferrant, frappant
l'enclume à coups égaux, déchire l'air de ses
pan pan réguliers ; une charrette, peinte à
neuf et pleine de gerbes de blé, brille, au
milieu de la place, comme un paquet de
rayons dans une immense corbeille verte. Au
coin, l'hôtel du Bœuf-Couronné, dont le pa-
tron, mi-endormi, commence à ouvrir les
portes et les volets, fait sempiternellement
grincer au vent la plaque de tôle qui lui sert
d'enseigne et qui, dans une peinture, aux
trois quarts effacée par la pluie, représente
un animal roussâtre qui veut ressembler à
un bœuf et dont la tête cornue est ornée
d'une couronne.

Mais l'heure s'avance et la tasse de lait crémeux qui vous attend, en bas, a pour l'estomac des attirances auxquelles il résiste difficilement. Les vêtements sont rapidement passés et l'on descend. Cousinette est déjà attablée et ses lèvres roses pâlissent sous la fine couche de lait qui les recouvre.

« Attends un peu que je m'essuie. » Et la mignonne bouche reprend ses tons de cerise et vous applique un frais petit baiser auquel répondent deux autres qui résonnent, sonores, sur le subtil duvet de pêche qui s'étend en couche serrée sur ses joues.

Ses yeux gris-vert, souvent, lorsque la pupille se dilate, deviennent tout noirs et brillent d'un vif éclat que tempèrent de longs cils soyeux, comme un rideau arrêtant un rayon de soleil. Les sourcils, vigoureusement estompés, s'arquent d'une fort jolie façon audessus d'un nez droit, aux narines un peu écartées, et dont l'extrémité s'agite légèrement quand elle parle. Les cheveux, empiétant sur les côtés du front, détruisent à peine la régularité de l'ovale du visage qui y gagne une piquante originalité.

La collation achevée, Cousinette ayant à travailler, s'armant pour la pêche, on se prépare à partir : il faut une friture pour le déjeuner de midi.

« Encore un baiser sur tes joues, petite cousine. »

La vieille porte du portail se referme en grinçant ; on se trouve sur la route qui mène à la rivière. Cette route est bordée de hauts peupliers, sentinelles feuillues, placées par la nature comme pour montrer aux hommes combien ils sont petits auprès de ces arbres qu'un boulevardier qualifiait ainsi : « De grands morceaux de bois gris avec du vert après. »

Dix minutes de marche et le moulin apparaît. L'eau qui descend avec force sur une pente très inclinée se paillette de nuances argentées en arrivant au bas et, après une légère agitation, s'allonge lente et paresseuse, comme une coquette sur un sofa. Les dards s'avancent tranquillement, par petites bandes, et dédaignent le ver appétissant promené devant eux ; quelque goujon veut bien mordre à l'hameçon, mais rarement. Décidé-

ment il vaut mieux aller un peu plus loin,
ça ne mord pas assez.

Remontant sur la route, on traverse la
grande cour du moulin. La récolte est faite,
déjà les meules s'élèvent en dômes d'un
blond doré, et les poules, toutes joyeuses,
picorent aux alentours. La meunière, au milieu de la cour, essaie d'atteler un petit âne ;
mais celui-ci fait le récalcitrant, ce qui lui
vaut quelques bons coups de trique et ne
l'empêche pas de prendre place entre les
brancards de la légère charrette qu'il a l'habitude de traîner.

Mais voici un endroit qui semble propice,
amorçons bien et mettons du fond car la rivière est assez profonde, ici, et, pour prendre
le goujon, il faut que le ver traîne au fond
de l'eau. Le bouchon s'agite, un goujon superbe est ramené par le gros hameçon et,
après le petit, un vairon frétille semblant
trouver fort désagréable ce morceau d'acier
qui lui déchire la chair. Les poissons déta-
chés, la ligne est rejetée et se remet à suivre
le courant.

Le ciel, presque tout d'azur, se tache de

quelques nuages blancs qui viennent se reflé-
ter dans l'eau où les saules pleureurs laissent
traîner leur chevelure de feuilles argentées.
La chaleur de la matinée est atténuée par un
léger vent, doux comme une caresse de
femme aimée, et l'esprit enfourche quelque
chimère tandis que le jonc, tenu en main,
glisse insensiblement et tombe sur l'herbe. Il
semble que le visage de Cousinette montre
son joli ovale et l'on ne peut s'empêcher de
penser à cette bouche rose, barbouillée de
lait, qui vous a dit bonjour le matin.

Cependant la ligne s'agite fortement,
comme si un gros poisson était pris, et le
bouchon a complètement disparu sous l'eau.
La rêverie est abandonnée et, bien vite ra-
massé, le jonc resté dans l'herbe... Oh ! la
résistance est grande !... un bon coup sec, le
poisson doit être enferré et l'on tire. C'est
une superbe truite, elle décrit une longue
courbe au bout de la ligne, la voilà près du
bord, elle se décroche et retombe à l'eau !...

On peut ne pas être pêcheur dans l'âme et
préférer sa cousine au plus beau poisson du
monde, mais on ressent toujours une certaine

émotion, lorsqu'une belle pièce est manquée ;
et, pendant près de dix minutes, un frisson
vous parcourt encore à la pensée de la mala-
dresse commise. S'il y avait moyen de la
reprendre, cette maudite truite ! l'on jette sa
ligne avec acharnement, mais la fine bête a
profité de la leçon et ne veut plus mordre. A
ce moment l'église du bourg sonne onze
heures et le panier au poisson est d'une virginité navrante. Tant pis pour la truite, il
faut une friture pour le déjeuner ; heureusement que voici un bon endroit comme il y en
a tant dans la rivière ; et, au bout de trois
quarts d'heure, il devient possible de se présenter décemment à la maison. La ligne est
repliée, la route du matin reprise.

Déjà l'aiguille du vieux clocher se laisse
apercevoir, au travers des peupliers, tran-
chant en noir bleuâtre sur le vert clair des
feuillages.

On arrive enfin, le portail grince de nouveau.

« — As-tu fait une bonne pêche ? » demande
Cousinette.

« — Non, ça ne mordait pas ! » Et, tout glorieux, l'on ouvre le panier où les pauvres poissons se débattent, en désespérés, contre la mort qui les saisit par degrés.

« Oh ! le vilain qui me trompait ! » Bien vite elle apporte une assiette où les poissons sont rangés en attendant que la poêle fasse cesser leurs derniers battements de queue. Et la mignonne bouche, que l'on croit toujours voir barbouillée de lait, vous félicite de votre succès.

C'est bien amusant la pêche quand on réussit et qu'une Cousinette aimée est là pour vous en complimenter.

SA NUIT DE NOCES

SA NUIT DE NOCES

~~~~~~~

A Jacques Normand.

LA cérémonie de l'église avait été très convenable, presque imposante. La jeune mariée, la tête enguirlandée de fleurs d'oranger, sortait rayonnante au bras de son mari, avec un coin de rose sur les joues et des tas d'or dans les cheveux. Inutile de faire le portrait du marié, ils se ressemblent tous. Il avait l'air heureux, il avait l'air ennuyé (*sic*), il était en habit, il..., mais je m'aperçois que tous ces IL vont nous conduire à une énumération complète, je la clos donc en vous disant qu'*il* monta dans une des nombreuses voitures en faction devant l'église et que sa femme fit de même.

Toute la noce suivit cet encourageant

exemple, puis le défilé s'engagea par les rues
de la ville et se dirigea vers la campagne.

Orléans était, en grande partie, aux fenétres, sur le passage de la noce, la partie qui
n'était pas aux fenétres se trouvait au seuil
des portes. Et les cancans, et les langues, et
les tétes, et les bras, tout cela marchait, ges-
ticulait, se démenait avec une animation
devant laquelle la description recule effrayée.

Eh dame ! songez donc que Mlle Anastasie
Durécu était un des plus beaux partis de la
ville, que tous les godelureaux de l'endroit
lui avaient fait la cour, sans un atome de
succès, et qu'un nommé Ernest Georges
n'avait eu qu'à paraître pour être en état de
prononcer ces paroles célèbres que César n'a
peut-être jamais dites : « Je suis venu, j'ai
vu, j'ai vaincu. »

Depuis un temps incommensurable et dont
la constatation pouvait cependant se faire,
en examinant les archives de l'étude, les
Durécu étaient notaires, par descendance
filiale. Or, le dernier, malgré son grand désir
et tous ses efforts, joints à ceux de sa femme,
n'avait pu doter son pays que d'un représen-

tant de ce sexe damnable appelé féminin.
Ç'avait été la croix du pauvre notaire. Par
compensation, cette fille était charmante. On
l'avait soigneusement fait instruire et douer
de nombreux talents d'agrément. Son père
ayant senti poindre, un jour, dans sa cervelle tabellionnaire, une idée dont la mise à
exécution permettrait, sans doute, au glorieux nom des Durécu, de ne pas s'éteindre.
C'était tout simplement de trouver un gendre
à qui Anastasie plût assez pour consentir à
porter le nom de sa femme.

Ernest Georges n'avait jamais connu son
père ni sa mère ; c'était un enfant naturel
que ses parents n'avaient pas jugé à propos
de reconnaître. Pourtant ils devaient être
riches car on lui avait donné un tuteur qui,
l'ayant fait instruire d'une façon très soignée,
lui remit à sa majorité la rondelette somme
de deux cent mille francs. Après avoir achevé
son droit à Paris, il revenait à Blois, sa ville
natale, bien décidé à vivre tranquillement et
à y finir ses jours d'une façon toute bour-
geoise.

Un jour qu'il avait eu la fantaisie d'aller

visiter Orléans, il rencontra dans la rue
Mlle Durécu, et, se frappant la poitrine d'un
formidable coup de poing, il s'écria prosaïque-
ment : « Ça y est ! » Il la suivit, sut son
adresse, se remua tant et si bien qu'au bout
de deux jours il était connu du notaire et lui
demandait d'emblée l'autorisation de faire la
cour à sa fille.

« — Vos intentions sont pures, jeune
homme ? » interrogea Me Durécu.

« — Comme le fond de mon cœur », répondit Ernest avec passion.

« — Diable ! c'est un peu vague. »

Vague ou non, un mois après, Ernest
Georges épousait..., à la grande joie du père,
de la mère et surtout de la fille. Le notaire
avait mis pour conditions que son gendre
prendrait la suite de l'étude et se servirait
des moyens légaux pour porter le nom des
Durécu.

Le tout fut dûment constaté sur papier au
timbre de dimension, coût 1 fr. 20 à parta-
ger entre les parties.

Le beau-père avait d'ailleurs songé qu'en
joignant son nom de famille à celui de sa

femme son gendre signerait Georges Durécu.
On prendrait assurément le nom pour un
prénom et tout serait sauvé.

C'est pourquoi, lorsque les voitures de la
noce dépassèrent les dernières maisons de
cette bonne ville où Jeanne d'Arc passa,
avant d'être rôtie comme un vulgaire poulet, la joie étincelait dans les yeux de Mᵉ Durécu, élargissait sa bouche en un somptueux
rire, et gonflait son bedon à faire craquer
son pantalon. Mᵐᵉ Durécu considérait avec
attendrissement les jeunes mariés qui se
regardaient, les yeux dans les yeux, avec
cet air bête particulier aux amoureux.

La noce se dirigeait vers la forêt d'Orléans
où l'on devait faire un superbe lunch. Aussitôt arrivé à un endroit, désigné par avance,
on sortit les paniers des voitures et chacun
s'assit sur l'herbe, en face de son assiette.
Tout marcha fort joyeusement. L'apparition
d'un panier de champagne fut saluée par de
nombreuses acclamations. On but un premier
verre d'Ay mousseux et, comme on emplis-
sait le second, quatre gendarmes à cheval
débouchèrent dans la clairière où nos gens

lunchaient. La vue de ces uniformes jeta un froid qui descendit au moins à trente degrés au-dessous de zéro, lorsque le brigadier s'approcha du marié en tirant un papier de sa poche. Il le lut avec attention et demanda ensuite à Ernest Georges s'il ne se trouvait pas à Tours le 20 avril dernier.

Après avoir réfléchi un instant, le jeune homme répondit :

« Je crois que oui, brigadier, mais en quoi cela peut-il vous intéresser ?

— Subséquemment en ce que vous êtes accusé d'assassinat envers une personne d'âge mûr et de sexe mâle. » A cette réponse, et tandis que tout le monde pâlissait, le jeune homme ne put retenir un bruyant éclat de rire.

« Vous vous moquez de l'autorité, à ce qu'il me semble, reprit rudement le brigadier, Gasquin, Lorouin, Brosset emparez-vous de cet homme et mettez-lui les menottes s'il résiste...

— Mais il est innocent, s'écria la gentille mariée, je ne veux pas que vous l'emmeniez...

— Voyons, Nastasie, s'exclama la mère, sois convenable. »

Me Durécu s'essuyait le front où perlait une sueur froide et ne disait mot.

« Laissez-le moi, monsieur le brigadier, ajouta la mariée, je vous jure qu'il n'est pas coupable du crime dont vous l'accusez...

— Madame, il y a deux êtres en moi : l'homme et le gendarme. L'homme est touché par vos supplications, il pleure intérieurement, il est prêt à vous rendre votre mari ; — en disant cela d'un ton paterne, il s'essuyait les yeux — mais, ajoutait-il vivement, le gendarme apparaît, en même temps que la consigne, et supprime l'homme et ses faiblesses ; c'est pourquoi j'arrête votre mari. Il répond exactement au signalement de l'assassin, il s'est trouvé à Tours le jour du crime, ensuite il est allé à Blois, puis à Orléans, où, pour détourner les soupçons, il s'est marié avec la fille d'un de nos nationaux les plus honorables...

— Certes, les Durécu, interrompit le notaire...

— Mais, moi, reprit le tuteur, je réponds

6

du jeune homme, ainsi que ses témoins »

Ernest n'ayant aucune famille, on avait demandé à deux personnes marquantes de la ville de lui servir de témoins et ces messieurs, le connaissant à peine, n'osaient rien affirmer.

« Il n'y a que vous pour le soutenir fermement, dit le brigadier au tuteur, je présuppose que vous devez être son complice ; mais, comme il n'y a point de mandat d'amener lancé contre vous, je vous laisse libre tout en me promettant d'avoir l'œil sur vous.

— Que personne ne s'inquiète, reprit Ernest Georges, il y a là un malentendu qui va s'expliquer à notre rentrée à Orléans...

— C'est à Tours que nous devons vous conduire, jeune homme. »

A cette réponse du brigadier, Ernest perdit un peu de son sang froid ; puis, réfléchissant qu'il n'y avait pas à résister, il se déclara prêt à suivre les gendarmes.

Cette soumission fit courir un frisson parmi toutes les personnes présentes ; on le crut réellement coupable.

« Je t'avais bien dit de te méfier, Aristide...

— Voyons, bonne amie, c'est toi qui as le
plus poussé ce mariage », répondait à sa
femme le notaire abasourdi.

« Ma pauvre fille, ton père te demande
pardon, par ma bouche, d'avoir fait ton
malheur.....

— Mais, maman, je t'assure que mon
mari est innocent.

— Puisque tu le dis, ma chérie, cela doit
être.

— Allons, reprit le brigadier, assez de
sentiment, ça n'est pas dans ma consigne.

— Mon gendre, dit le notaire avec émotion, emportez cette aile de poulet pour vous
soutenir en chemin de fer.

— Et prenez cette bouteille de champagne,
ajouta la belle-mère.

— Et ceci, dit la mariée, en sautant au
cou de son mari et en l'embrassant sur les
deux joues.

— C'est ce que je préfère, répondit-il.

— Retiens-toi un peu, ma nièce, s'il était
vraiment coupable, s'écria aigrement une
vieille dame.

— Filons vivement, nous allons manquer

le train, dit, assez durement le brigadier...,
surtout, ajouta-t-il doucement, n'oubliez pas
le champagne. »

On en donna une bouteille à chaque
homme. Touchés de cette attention, ils lais-
sèrent Ernest monter dans une des voitures
pour les accompagner. Et les quatre gendarmes, ainsi que l'assassin présumé, partirent et disparurent bientôt aux yeux de la
noce consternée. Silencieusement, chacun
aida à remettre les paquets dans les voitures
et l'on retourna vers la ville, un peu moins
gaiement qu'on en était parti. Les bonnes
langues eurent beau jeu en voyant la mariée
rentrer accompagnée seulement par son
père et sa mère qui n'avaient pas l'air d'être
à la noce bien qu'à la tête du cortège. Mais
la jeune Anastasie était une femme de tête ;
aussitôt rentrée, elle changea de costume et
prévint ses parents qu'elle prendrait le premier train se dirigeant sur Tours. Habitués
à obéir à leur fille, ils allèrent également
changer de costume ; et, tous trois, un quart
d'heure après, se dirigeaient vers la gare
d'où ils ne tardaient pas à partir.

Cependant, Ernest et ses quatre gendarmes, dans un compartiment réservé, filaient
rapidement vers Tours. Le champagne ai-
dant, ils n'avaient pas tardé à devenir excellents camarades ; mais, bien que convaincus
de l'innocence du jeune homme, ses gardiens
ne le quittaient pas de l'œil — *rapport à la
consigne*. Le débarquement s'exécuta sans
encombre. Ernest fut conduit à la prison et
incarcéré dans les cinq minutes qui suivirent.
Laissé seul dans sa cellule, il s'assit sur un
escabeau et réfléchit amèrement à la tristesse de sa situation. Il espérait qu'une
fois à Tours, ayant bien établi son identité, il serait relaxé, mais l'heure étant
un peu avancée, le juge d'instruction avait
remis son interrogatoire au lendemain.
N'était-ce pas ridicule d'arrêter un homme
ainsi parce qu'il ressemblait à un assassin ? Le
pauvre garçon, quittant son escabeau, se
promenait fiévreusement dans sa chambre,
cherchant à détendre son chagrin en se donnant du mouvement.

La nuit s'approchant, il songeait à toutes
ses espérances évanouies ou tout au moins

remises ; à ce lit douillet, attirant, et si bien
habité, qui aurait dû remplacer la couche
dont l'aspect peu confortable attirait ses
regards, dans un des coins de sa cellule.
Aussi, pourquoi avait-il une figure d'assassin ? Car il avait une figure d'assassin !...
pour un futur notaire ce n'était pas drôle. Il
chercha, en vain, dans sa chambre, une glace
qui lui permit de voir son *facies* de criminel.

Et la nuit, qui s'avançait toujours, peuplait
son triste logis d'une kyrielle de rêves roses
que la réalité venait trop vite recouvrir d'un
crêpe de deuil. Pour être en prison on n'en
est pas moins homme... au contraire. On peut
d'ailleurs s'en rendre un compte exact en
jetant un coup d'œil sur le carnet où Ernest
Georges avait l'habitude de noter ses impres-
sions :

« La prison aiguise, développe, exaspère
» le désir. La sensation de la solitude, quand
» on a la perspective d'être deux, est épou-
» vantable. Les lits sont vraiment bien durs,
» dans les prisons, les cloisons trop minces,
» et les voisins fort désagréables. J'en ai un
» qui ne cesse de jurer sous prétexte qu'il y

» a des punaises dans son lit et qu'elles lui
» couvrent le corps de cloques ; je suis aussi
» hanté par les punaises, mon corps est cou-
» vert de cloques et, pourtant, je ne dis rien.
» Mon autre voisin n'arrête pas de chanter l'air
» d'*Aï-Chiquita*, quand il a fini tous les cou-
» plets il recommence la romance et il chante
» d'un faux !... c'est à vous dégoûter de la
» musique. Avoir mené jusqu'à vingt-quatre
» ans une vie d'innocence et se voir consi-
» dérer comme un bandit, n'y a-t-il pas de
» quoi douter de la vertu ? Diablesses de pu-
» naises !... Pourvu qu'on ne me condamne
» pas à mort..., je m'attends à tout, désor-
» mais. La nuit est dans son plein et ma
» chandelle va s'éteindre. Oh ! Anastasie,
» que je voudrais être auprès de toi ! »

Elle n'était pas loin de lui, sa chère Anastasie. Arrivée à Tours, ainsi que son père et
sa mère, elle s'était, en leur compagnie,
immédiatement rendue à la prison de la
ville. Mais, malgré les grognements du père,
les prières de la mère et les pleurs de la fille
on n'avait voulu ni leur rendre, ni leur laisser
voir le prisonnier. Il leur fut dit cependant

de revenir le lendemain matin, peut-être serait-il visible. Et, le lendemain matin, après une nuit agitée passée à l'hôtel, la jeune mariée, toujours flanquée de ses parents, retournait à la prison où elle avait la joie de presser son époux dans ses bras. Il était libre !

Son tuteur s'était tant et si bien démené qu'il avait réussi à prouver son innocence ; innocence qui, d'ailleurs, fut d'autant mieux établie que le véritable assassin venait d'être arrêté.

Ernest embrassa son beau-père, sa belle-mère, son tuteur et, mettant le bras de sa femme sous le sien, s'enfuit à la gare ; là, il prit un train pour on ne sait où. Il avait un inouï besoin de solitude à deux. Trois semaines après les jeunes gens rentrèrent à Orléans.

C'est égal, lecteur, mon ami, et très adorable lectrice, que pensez-vous de *Sa Nuit de Noces* ?

MA DERNIÈRE PASSION

MA DERNIÈRE PASSION

A Léon Aubineau.

ES lumières criblaient de mille points
lumineux tous les coins de la grande
salle des Fêtes de l'hôtel Continental,
faisant naître des scintillements parmi les
dorures abondamment répandues sur les
murs et ressortir, dans leur délicieuse nudité,
les belles filles peintes à fresque au plafond.

C'était grand concert ce soir-là.

Deuxième audition d'un opéra d'un compo-
siteur-amateur qui avait fait les frais de la
représentation. Salle comble, rien que des
billets donnés. Peu de toilettes. Aux premières
places, seulement, on voyait quelques jeunes
filles dont les costumes clairs jetaient une

note gaie au milieu de la monotonie générale.

Depuis déjà près de deux heures, sans discontinuer, les morceaux se succédaient. Les chœurs, les récitatifs, les romances, les cantilènes, les duos, les trios, les quintettes, s'introduisant tour à tour dans mes oreilles, commençaient à y produire un bourdonnement confus. De plus, une chaleur d'étuve achevait de plonger mon esprit dans un état qui se rapprochait beaucoup plus de la somnolence que de l'attention qu'aurait dû m'inspirer l'audition du chef-d'œuvre que j'avais le bonheur d'entendre.

L'orchestre se mit à esquisser une pavane dont les premières mesures rappelaient un peu celle du *Petit Duc* ; ce morceau, réellement joli, avait fini par me tirer de ma somnolence et produisait un mouvement semblable à peu près dans toute la salle. Près de moi, assise sur la deuxième banquette de côté, j'aperçus alors une délicieuse tête de jeune fille. Une vieille femme qui se trouvait devant elle m'avait empêché de la voir jusqu'à ce moment. Justement, la bienheureuse et étouffante chaleur fit partir plusieurs personnes

qui se trouvaient sur la première banquette :
la jeune fille vint s'y placer.

Sa tête, appuyée contre une des hautes
colonnes qui font le tour de la grande salle,
prenait le relief adorable, sur le marbre
brun, d'une rose pâle poussant le long d'un
tronc d'arbre et sur laquelle tombe un rais
de soleil.

Oh ! l'attirant visage que celui de cette
jeune fille ! Ses cheveux, tombant un peu bas
sur un front d'une liliale blancheur, y mettaient comme une soyeuse bande d'or. Domi-
nés par l'arc vermeil de ses sourcils, s'abri-
tant sous l'écran mobile de ses longs cils, ses
yeux noirs projetaient une petite flamme
mièvrement veloutée. Le nez glissait, fin et
droit, jusqu'à une bouche qui dessinait la jolie
ligne purpurine d'une lèvre très légèrement
épaisse, juste assez pour être sensuelle. Le
menton, petit et rond, était si délicat qu'il
semblait devoir être au toucher doux comme
un pétale de rose. Et, coupant le galbe du
visage, une mignonne oreille, délicatement
ciselée en chair, s'auréolait d'une folle mèche
blonde qui s'échappait de dessous un grand

chapeau rond, s'abaissant aux deux extrémités, d'un côté sur le front, de l'autre sur le cou.

Cette jeune fille était très simplement mise, toute en noir, ce devait être une petite ouvrière. Mais elle avait ce chic particulier qu'ont toutes les Parisiennes pour habiller le moindre chiffon qu'elles portent. Elle était aussi charmante dans sa simple toilette, que dans un costume à la mode sorti des mains artistiques d'un Worth ou d'une autre célébrité de la couture.

La pavane était achevée, je crois même que l'on chantait ; mais la musique me devenait complètement indifférente, tous mes sens étant absorbés par la contemplation de cette figure angélique qui m'apparaissait merveilleusement belle, sous la claire lumière qui s'épandait abondamment des lustres.

Tout à coup, un mouvement s'opéra sur la banquette ; la vieille femme qui m'avait précédemment caché la jeune fille, maintenant à côté d'elle, lui dit quelques mots, et toutes deux, se levant de leurs places, se préparèrent à sortir. Il me sembla qu'un

jeune homme brun avait fait à la jeune fille
un signe auquel il avait été répondu ; après
tout je m'étais peut-être trompé. Les deux
femmes, non sans peine, se dirigèrent du
côté de la porte. Malgré moi, me levant de
ma place, je les suivis. Mais, arrivé dehors, je
réfléchis à la folie d'un pareil acte, et, bien
à regret, je les regardais s'éloigner du côté
opposé à celui que je devais prendre pour
rentrer chez moi. Le jeune homme au signe
ne reparaissait pas, je m'étais décidément
trompé.

Machinalement, je me dirigeai du côté de
mon domicile lorsqu'en passant par la rue
qui traverse maintenant l'ancien jardin réservé, devant la ruine des Tuileries, je m'ar-
rêtai, au milieu, sans m'en apercevoir. Devant
mes yeux l'avenue des Champs-Élysées déroulait avec, au bout, la grande masse noire de
l'Arc de Triomphe de l'Étoile et, au commencement, le pain de sucre d'ombre que formait
l'Obélisque de la place de la Concorde, une
longue ligne sombre bordée d'un cordon féerique de lumières. Soit dans l'allée du jardin
des Tuileries, soit dans l'avenue des Champs-

Élysées, je voyais toujours une ravissante
tête blonde passer et repasser sans cesse. Le
souvenir de cette adorable vision me pour-
suivait avec une persistance qui commençait
à devenir une obsession.

Cinq minutes après je me trouvais inconsciemment sur le Pont-Royal, et, penché sur
le parapet, je regardais couler l'eau de la
Seine. Il était un peu plus de onze heures.
Devant moi, encore le cordon de lumières du
gaz ; les petites flammes, se reflétant et dan-
sant dans l'eau, avaient l'air de feux follets.

La figure de la jolie blonde se détachait
rayonnante dans l'eau sombre, comme la nuit
un éclair au milieu d'un ciel d'orage.

Maintenant son corps n'était plus enveloppé
d'une robe noire ; autour de lui s'enroulait
une espèce de peplum d'une telle blancheur
qu'il semblait tissé avec des étoiles, et ses
cheveux, comme un paquet de rayons de
soleil, s'étendaient, longs, encadrant d'une
superbe façon son visage charmant. Ce corps
idéal montait, descendait sur les petites
vagues de la Seine qui, parfois, l'éclabous-
sant, l'enveloppait d'un réseau qui s'argen-

tait sous un pâle rayon de la lune. Penché
de plus en plus sur le parapet je me sentais
une attraction étrange pour cette délicieuse
vision qui me souriait et semblait me dire de
l'aller rejoindre.

« Drôle d'heure pour aller se baigner, »
dit soudain une grosse voix derrière moi.

Je me sentis saisir par le milieu du corps
et remettre sur mes pieds qui, insensiblement, avaient quitté le sol. C'était un gardien de la paix qui m'avait rendu le service
de m'empêcher de me noyer peut-être.
Remis un peu de mon hallucination je le
remerciai ; je m'aperçus alors que j'étais
parti du concert sans mon paletot. J'étais en
habit ; le froid piquait ferme. Une voiture de
place, vide, passait à ce moment, je hélai le
cocher et lui dis de me mener au Continental
pour reprendre mon paletot. Je retrouvai
l'objet oublié et, peu de temps après, mon
cocher me descendait devant ma porte.

Rentré chez moi, je me couchai immédiatement et me mis à dormir d'un sommeil
hanté de rêves où la jolie blonde voltigeait
comme une gracieuse *péri*

7

Le lendemain matin je m'habillai assez tranquillement et ne tardai pas à me diriger du côté de mon bureau. Parti un peu plus tôt qu'à l'ordinaire, je suivais en rêvassant mon chemin habituel lorsqu'arrivé rue Taitbout, je vis, à deux pas de moi, l'adorable jeune fille que j'avais entrevue la veille au concert de l'Hôtel Continental. Elle était encore plus jolie le jour que le soir. Mon parti fut bientôt pris ; je me résolus à la suivre et peu de minutes après je la vis pénétrer sous une porte cochère et se diriger vers le fond d'une cour sur laquelle donnait un magasin de modes et confections. Elle y entra. Je me promis de revenir le soir, à l'heure de la sortie des ouvrières. Peut-être oserais-je dire quelque chose à cette adorable jeune fille dont je me sentais de plus en plus énamouré.

L'interminable journée finit par s'achever ; je rentrai chez moi et dînai à la hâte. A sept heures moins cinq minutes j'étais devant la porte de la maison où j'avais vu entrer, le matin, la délicieuse enfant dont je commençais à être toqué. Pendant une heure je me

promenai dans la rue, me promettant toutes
les cinq minutes de partir aux cinq minutes
suivantes et naturellement restant toujours.
Enfin je vis quelques ouvrières apparaître,
et, peu de temps après, la gente attendue
survenait accompagnée d'une amie. La suivant d'assez près je pus admirer à mon aise
la taille svelte, gracieuse, de cette ravissante
enfant qui m'avait inspiré un amour dont
elle ne se doutait guère. L'amie la quitta et je
crus le moment bon pour me rapprocher
quand, tout à coup, j'eus comme un éblouis-
sement. Le jeune homme qui, la veille, au
concert, m'avait paru faire des signes à la
jolie blonde, venait de lui prendre le bras
avec une assurance montrant qu'il en avait
l'habitude. Il était sorti d'une maison de la
rue de la Victoire où nous passions en ce moment. J'aimais cette jeune fille depuis bien
peu de temps, sans doute, même d'une façon
assez légère, cependant je sentis comme un
frisson d'angoisse me monter de la poitrine à
la gorge.

Les jeunes gens marchaient devant moi,
je les suivais sans trop savoir ce que je fai-

sais ; bientôt ils tournèrent à gauche et des-
cendirent la rue jusqu'à la station d'omnibus
de Batignolles-Odéon. L'omnibus passant, ils
montèrent sur l'impériale, qui, chose assez
rare à cette heure, était inoccupée. Je mon-
tai également et me plaçai juste derrière
eux, de façon à entendre tout ce qu'ils
disaient. C'était fort indiscret, mais quand on
est amoureux ! Ils commencèrent par racon-
ter l'emploi de leur journée.

Elle avait eu grand peur. Il était arrivé
une commande pressée dans la journée, on
les avait menacées de les faire veiller jusqu'à neuf heures, cela l'aurait bien ennuyée
de le faire *poser* une heure.

Lui, avait deux bonnes nouvelles à appren-
dre à sa gentille compagne : d'abord il était
augmenté, ses patrons portaient ses appoint
tements à *deux mille quatre* avec les grati-
fications, cela permettait de vivre sans se gê-
ner ; la seconde, nouvelle, c'était que leurs parents allaient peut-être se remettre. Son père,
ennuyé de le voir si malheureux, lui avait
dit, le matin, qu'il tâcherait d'arranger cela.
C'est vrai qu'il ne pouvait pas vivre sans elle

« Oh ! moi non plus, » répondit naïvement
la jeune fille. Leurs mains se rencontrèrent
dans un joli serrement.

Ils continuaient à parler à voix haute, tellement occupés d'eux qu'ils ne s'apercevaient
pas de ma présence. Comme il me semblait
laid et vulgaire auprès d'elle si jolie et exhalant un attirant parfum de distinction qu'elle
avait peut-être acquis dans la fréquentation
des jolies femmes qu'elle habillait. Il avait
commencé par lui parler d'argent, quelle hor-
reur ! Un homme qui calcule ses mois et se
dit amoureux. Oh ! si j'avais été à sa place !
Comme j'aurais trouvé des paroles captivan-
tes pour allumer un éclair d'amour dans ses
jolis yeux. Je lui aurais dit des vers de Mus-
set ou de Coppée, cette musique des amoureux, ou peut-être des miens ; n'en aurais-je
pas fait pour elle ? N'était-elle pas assez jolie
pour faire chanter les Muses les plus rebelles.

Pourtant leur conversation ne languissait
pas. Il lui racontait que, la veille, ayant vu
sur une porte, un écriteau portant la men-
tion : *Appartement à louer* ; il était monté
le visiter. C'était un peu haut, mais si gentil.

Il y avait deux pièces, un petit cabinet et une cuisine.

« A quel prix ? » interrogea la jeune fille.

« Quatre cents francs, ce n'est pas cher, les peintures sont toutes fraîches, les papiers sont remis à neuf. »

Toutes ces expressions communes prenait ce charme embellissant que donne l'amour à toutes choses. Ces mots de loyer, d'appartement, n'était-ils pas synonymes pour eux de bonheur possible, d'intérieur rêvé ? Ces peintures, ces papiers, n'était-ce pas la joyeuse décoration du nid dans lequel leur amour pourrait gazouiller à son aise, la très vieille et toujours jeune chanson que tous les cœurs savent sans l'avoir jamais apprise ? Le jeune homme commençait à me paraître moins laid et moins bête. Et ce bonheur, si facilement réalisable puisqu'ils s'aimaient, trouvait pourtant un obstacle sérieux dans l'inimitié qui existait entre leurs mères. C'était venu on ne savait à propos de quoi, après avoir été bonnes amies pendant longtemps elles s'étaient fâchées tout à coup, juste au moment où les fiançailles de leurs enfants allaient être

décidées. Les pauvres amoureux étaient tout
navrés en parlant de cela.

« Voilà plus d'un an que nous nous aimons,
disait le jeune homme, c'est trop long, je ne
puis plus attendre, et toi, Georgette ? » Ils
se tutoyaient.

« Oh ! moi, tu sais bien que je t'aime. »
Tout son cœur semblait être monté à ses
lèvres en faisant cet aveu. Il la regardait
avec ravissement et je l'entendais lui mur-
murer :

« Que ta voix est délicieuse, ma Georgette !
lorsque tu me dis : je t'aime ; je sens comme
un frisson nerveux me secouer tout le corps
et je me crois indigne de toi, tu es si belle ! »

« Mais, moi aussi, je te trouve très beau. »
C'est vrai qu'il était beau, elle l'aimait.

« Tiens ! s'écria la jeune fille, ton père qui
passe ! » L'omnibus venait de dépasser la place
Clichy et débouchait dans l'avenue. Les
jeunes gens faisaient des signaux à un
homme qui se trouvait sur le trottoir de
gauche ; voyant qu'il ne répondait pas, ils se
décidèrent à descendre de l'omnibus. Fidèle
à mon rôle d'espion je fis comme eux.

L'homme les ayant vus descendre vint au-devant d'eux. Il embrassa la jeune fille sur les deux joues, serra la main que lui tendait son fils, et tous trois se mirent à marcher douce-ment comme des gens qui ont beaucoup de choses à se dire. Il y a tant de monde à cette heure dans l'avenue de Clichy qu'ils ne s'aperçurent pas que je les suivais.

« As-tu une bonne nouvelle à nous appren-dre ? » demandait anxieusement le jeune homme à son père.

« Assez bonne, j'ai vu la mère de Geor-gette, ce matin, elle consent à oublier le passé mais il nous reste encore à décider ta mère, et ce sera difficile.

» J'irai la trouver moi-même, dit la jeune fille, et je suis sûre qu'elle me cèdera. »

« C'est une idée, dit le père, elle t'a tou-jours beaucoup aimée et puis, je ne sais pas qui aurait le courage de te résister » ajouta-t-il en manière de péroraison.

« Oh ! que vous êtes flatteur, mon futur beau-père.

— Non certes ! » interrompit le jeune homme en regardant joyeusement sa jolie fiancée ; et, celle-ci lui répondit par un regard doux et enveloppant comme une caresse d'amour.

« Allons, les tourtereaux, dit le père, attendez au moins que vous soyez au nid pour roucouler à votre aise. Georgette, tu vas venir avec moi à la maison, ce sera le meilleur moyen de décider la mère à faire ce que nous voulons ou plutôt ce que vous voulez. Quant à toi, Paul, dit-il à son fils, tu vas aller chercher les parents de ta future, il faut que tout le monde soit d'accord aujour-d'hui. »

Le jeune homme ne se le fit pas répéter, au bout de deux minutes on ne le voyait déjà plus. Et le père et la jolie blonde, bras dessus, bras dessous, s'éloignèrent dans l'avenue de Saint-Ouen, puis disparurent peu à peu.

Dans le borné de l'horizon le ciel s'incen-diait des dernières lueurs du soleil couchant, la longue ligne de feuillage qui borde l'avenue s'assombrissait lentement ; la nuit allait venir. Tout près de moi défilaient, joyeuses, avec leurs minois frais et chiffonnés, les

petites ouvrières revenant de leur travail.
Elles passaient deux ou trois ensemble, cau-
sant avec animation.

Le temps s'écoulait, je marchais toujours.
Maintenant le ciel s'obscurcissait, les étoiles,
ces petits soleils de diamant, commençaient
à se disséminer dans l'éther obscur, la nuit
était venue.

Je sentais un grand vide se faire en moi,
le spleen noir, envahissant, allait s'emparer
de mon esprit, j'étais tombé assis sur un
banc.

Bah ! pensai-je, en me relevant philoso-
phiquement, nous serions en un vrai Paradis
s'il n'y avait jamais plus d'un malheureux
pour deux heureux sur la terre.

LA FAUTE DE MME DERVAUX

LA FAUTE DE Mme DERVAUX

PREMIÈRE PARTIE

A Émile Max.

OYEZ assez bonne pour vous pencher
légèrement à gauche, madame.
— Comme cela ?

— Parfaitement ! »

Morou se remit à modeler la glaise tandis
que l'adorable jeune femme qui lui servait de
modèle, continuait à poser, assise sur un sofa
placé devant une grande toile rouge. Un
léger pli de la lèvre annonçait un commencement d'ennui chez le modèle ; mais, comme
la séance approchait de sa fin, elle patien-
tait.

Mme Dervaux était la femme, très à la
mode, d'un avocat sans causes. Le ménage
possédait une fortune assez imposante et
dépensait largement ses revenus. A cette
époque où il n'était pas encore de mode de
laisser exposer son portrait au salon, la
jeune femme avait eu l'excentrique idée de
commander son buste afin qu'il figurât dans
le vaste palais des Champs-Élysées. De
moyenne taille, plutôt grande que petite,
elle était admirablement prise et jolie à
mettre des flammes de désir dans les yeux
de tous les hommes qui l'approchaient. Le
visage, presque ovale, était encadré de ma-
gnifiques cheveux noirs, d'un lustré bleuâtre,
et s'arrondissant en dents autour du front ;
des yeux grands, très noirs, ombragés par
ce soyeux écran des cils et surmontés de
sourcils s'arquant bien régulièrement et fortement estompés lui donnaient une extraor-
dinaire vivacité. La bouche, toute mignonne,
laissait passer des étincelles de nacre au
travers des lèvres sanguines. Le cou, un
peu long, lui faisait porter la tête légèrement penchée mais la jeune femme

avait l'habileté de rendre ce mouvement fort
gracieux.

C'était une Parisienne de sang ; la race se
trahissait presque à chaque geste. Fort intel-
ligente, instruite comme beaucoup de femmes
à Paris, à force de causer, elle adorait les
arts, peut-être à cause des artistes qui l'amusaient. Elle les invitait beaucoup. Toutes les
fois qu'une jeune réputation commençait
à s'affirmer elle envoyait son mari et, si cela
ne suffisait pas, elle allait trouver elle-même
l'artiste dont le nom se faisait connaître et
le décidait toujours à venir à ses jeudis. Elle
était trop séduisante pour qu'on eût l'idée de
lui résister.

C'est de cette façon qu'elle connut Morou.

Le sculpteur, très sauvage, n'avait pas
voulu céder aux instances du mari ; mais
lorsque la jolie Mme Dervaux vint le supplier
à son atelier, il fut si frappé du charme extra-
ordinaire qui émanait de la jeune femme
qu'il se rendit à son invitation sans faire la
moindre objection. Elle avait tourné longue-
ment dans tous les coins, touchant chaque
objet avec cette jolie curiosité féminine qui

sait ne jamais être indiscrète, et, lorsqu'elle
sortit de son atelier, il sembla à Morou que
l'atmosphère en était comme magnétisée. Un
fluide paraissait se dégager de tous les objets
qu'elle avait touchés et l'artiste les prenait
et reprenait dans ses mains, comme s'il les
eut vus pour la première fois, les humait,
ainsi que ces vieux sachets dans lesquels on
cherche à retrouver un reste de parfum.
Puis, s'asseyant sur une petite chaise où elle
s'était reposée un instant, il se mit à songer.

On était au mardi; il n'y avait donc plus
que deux jours à attendre pour la revoir.
Deux jours! cela lui paraissait énorme. Un
dégoût du travail le saisissait lentement puis,
tout à coup, il se leva et se mit à marteler
avec fureur un buste en marbre, commencé
depuis quelques jours. Il espérait ainsi se
débarrasser de la troublante obsession qui
paraissait ne plus vouloir le quitter.

« Mais je l'aime donc? » se demandait-il
avec angoisse. Et la réflexion lui ramenait un
oui pour réponse.

Il l'aimait! oui! de toutes les forces de sa
chair; avec cette fougue, cet emportement

qui faisait le fond de sa nature. N'avait-il
pas observé souvent ce même phénomène ?
Ne s'était-il pas épris maintes fois d'un objet
d'art ou d'une femme au galbe divin qui
l'avait frôlé ? Et sa mémoire lui rappelait
les désirs fougueux qui l'envahissaient alors,
le laissant abattu, malade, incapable de travailler des mois entiers, lorsqu'il ne pouvait
les satisfaire. Mais aujourd'hui la sensation
qu'il éprouvait lui semblait tout autre. Aujourd'hui, ce n'était plus seulement un désir
aigu qui le lancinait ! Un sentiment d'effarement l'envahissait à la pensée qu'il était la
victime d'un amour insensé, inaccessible.

Par ses amis, il connaissait Mme Dervaux
sans l'avoir jamais vue. Il savait la jeune
femme adulée de tous ceux qui l'entouraient
et qu'aucun n'avait pu trouver la clé de ce
cœur tant adoré. Elle était trop occupée, du
reste, pour avoir le temps d'aimer. Sa toilette, ses visites, ses amis, le service de sa
maison ne lui laissaient pas le loisir de
prendre un amant. Et c'était de cette femme
qu'il se mêlait de devenir amoureux.

Allons, décidément, il devenait fou. De

8

rage, il envoya son marteau et son ciseau
rouler au milieu de l'atelier. Les deux outils
s'entrechoquèrent et rendirent un son métal-
lique, long et musicalement doux.

Morou était retombé sur sa chaise. Maintenant il se remémorait avec ravissement
toutes les perfections de cette adorable femme.
Le soir vint. Il sortit pour dîner et oublia de
manger, pensant à autre chose ; son estomac
ne réclama pas. Les deux interminables jours
se passèrent.

Il la revit, dans son salon, entourée, admi-
rée par ce que Paris comptait de mieux
comme hommes de talent. Peintres, sculpteurs, gens de lettres, chacun s'escrimait
pour s'attirer la faveur d'un sourire de la
gracieuse maîtresse de maison. D'ailleurs,
elle ne les refusait à personne, ces sourires ;
ses dents étaient bien trop jolies pour qu'elle
les cachât. Lorsque Morou vint la saluer, elle
lui tendit aimablement la main en l'appelant
sauvage. Il crut voir sa bouche s'ouvrir délicieusement ainsi qu'un coquelicot dont les
pétales auraient été remplacés par des perles.

Sauvage ! Le sculpteur se promenait dans

les deux salons en écoutant ce mot résonner
à ses oreilles comme si elle lui eût dit la plus
tendre parole d'amour.

Machinalement, il répondait aux poignées
de mains que lui donnaient les camarades
qu'il rencontrait. Il était si visiblement pré-
occupé qu'un de ses confrères lui demanda
s'il n'était pas malade. Cette question le rap-
pela à la réalité et comme Mme Dervaux semblait l'appeler du geste, il s'en rapprocha et
se mit à causer avec elle. Doué d'une verve
gasconne fort amusante, et poussé par les
regards de tous ses voisins, en qui il devinait
des rivaux, il se mit à bavarder, lançant les
paradoxes les plus bouffons que pût lui sug-
gérer son imagination. Mme Dervaux s'amusait.

« Vous savez, lui dit-elle à la fin de la
soirée, que j'ai l'intention de vous faire faire
mon buste ? »

Le sculpteur fut tellement abasourdi par
ces paroles qu'il resta un instant sans répondre, puis, reprenant son sangfroid, il
remercia la jeune femme de l'avoir choisi au
milieu de tant de gens de talent qui se seraient

montrés fort heureux d'avoir été distingués
par elle. Ceci envoyé à l'adresse des confrères
et rivaux qui rirent jaune.

Rentré chez lui, Morou, au lieu de se coucher, pénétra dans son atelier et, de mémoire,
commença à modeler le buste de Mme Dervaux.
Le lendemain, lorsque le ciel commença à se
débarrasser de son envoilement nocturne, il
travaillait encore et la figure prenait déjà
forme. Enfin, la fatigue le dominant, il aban-
donna son œuvre et alla prendre un peu de
repos.

Huit jours après, Mme Dervaux posait pour
la première fois.

Elle était un peu capricieuse et ne venait
pas très régulièrement; aussi, lorsqu'il la
tenait, Morou la gardait-il le plus longtemps
possible. Il se proposait bien de mettre trois
fois plus de temps qu'il n'en faudrait pour
terminer ce buste, et Mme Dervaux ne se
déplaisait pas dans son atelier. L'artiste avait
pour elle des soins d'amant, la choyant, lui
faisant prendre des repos réguliers, et fouil-
lant son imagination, il en extrayait les anec-
dotes les plus comiques qu'il avait souvent

racontées avec grand succès à des fins de
diners, entre confrères.

La jeune femme trouvait une grande originalité à ce beau garçon de vingt-huit ans,
dont les superbes yeux noirs la troublaient
sensuellement lorsqu'ils croisaient l'acuité de
leurs regards avec les siens. Et ces histoires
gasconnes, auxquelles se mêlait un parisian-
nisme dont quinze ans de vie dans la capitale
avaient imprégné l'artiste, intéressaient le
joli modèle au point de lui faire paraître
courtes les heures de plus en plus longues
qu'elle passait à l'atelier.

Elle prit l'habitude de venir à peu près tous
les jours, emmenant parfois avec elle son
petit garçon, alors âgé de quatre ans. L'atelier semblait être devenu son domaine, elle
en connaissait tous les coins et recoins. Elle
se trouvait si tranquille là : c'était presque
un refuge contre les visites et les rencontres
qui l'assaillaient lorsqu'elle restait chez elle
ou sortait faire un tour. L'artiste mettait sur
sa porte : « Il y a modèle! » et personne ne
pénétrait dans l'atelier.

Chaque fois qu'il entendait le froufrou de

sa robe, il sentait un frisson lui parcourir tout le corps. Elle entrait sans frapper, et lui tendait la main en disant : « Nous posons... ou nous ne posons pas? » Les jours de pose, elle se dissimulait derrière un rideau que le sculpteur avait transformé en un petit cabinet ; là elle passait un corsage décolleté ; ayant des épaules superbes, elle tenait à ce qu'on les vît.

Le temps que durait cette demi-toilette, Morou sentait de fous désirs l'étreindre ; il avait de terribles envies de franchir la frêle barrière d'étoffe qui le séparait de cette femme si terriblement adorable. Elle semblait vouloir énerver son impatience, faisant de petites poses devant la jolie glace de Venise posée sur une table, lissant les dents de ses cheveux qui s'étaient légèrement défaits en route. Tout en procédant à cette toilette sommaire, elle bavardait avec le sculpteur. Parfois elle lâchait une expression un peu crue qui la faisait rire aux éclats. Enfin, elle sortait, montrant orgueilleusement la splendide nudité de ses épaules. Une odeur troublante envahissait tout l'atelier, exhalaison

d'iris et de violette que semblait dégager sa
peau nue.

A chaque minute qui s'écoulait, Morou
sentait l'empoignement de son être se produire de plus en plus rude. Il s'épuisait en
vains désirs, n'osant déclarer son amour. Sa
physionomie se transformait visiblement, sa
conversation devenait plus triste, plus amère.
Étonnée de ce changement, un jour elle lui
en demanda la cause : « C'est parce que je
vous aime! » répondit-il désespérément. Il y
avait une telle expression de douleur et de
sincérité dans ses paroles que la jeune femme
en ressenti une très profonde émotion. Et
jusqu'à la fin de la séance elle ne dit mot. Lui
non plus ne parlait pas, mais sa main tremblait
si fortement qu'il ne pût achever son travail.

Lorsque Mme Dervaux s'en alla, elle ne tendit pas la main au sculpteur comme elle le
faisait habituellement. Un jour, deux jours se
passèrent, elle ne revenait pas; le troisième,
Morou tomba malade, saisi par une fièvre
d'une telle intensité que l'on craignit qu'elle
ne devînt cérébrale.

Mme Dervaux, pendant ce temps, était très

perplexe. Le lendemain du jour où le sculpteur lui avait fait sa déclaration, elle n'osa
pas retourner à son atelier. Elle se défiait
d'elle-même. Mariée à vingt-deux ans avec
un homme qu'elle n'aimait pas, par désespoir de ne rencontrer personne qui lui plût,
elle s'était lancée dans la mode à outrance
pour se distraire, s'étourdir. Puis un enfant
était venu ; cela l'avait occupée quelque
temps, mais le joujou s'était usé en perdant
de sa nouveauté. Alors elle était retournée de
plus belle à la mode, et, fondant un salon
artistique, elle s'était créé une occupation
qui la distrayait un peu et lui faisait oublier
tous ses rêves, tous ses désirs non satisfaits
par l'imbécile qu'elle avait épousé. Certes, elle
aurait pu facilement trouver un amant si elle
avait voulu, mais elle tenait à sa réputation,
qui cependant, aux yeux du monde, n'était
pas intacte — à tort, du reste. N'ouvrait-elle
pas le champ large aux bonnes langues en
allant, souvent seule, faire es invitations aux
artistes? Ceux-ci avaient beau affirmer, sur
l'honneur, qu'on ne pouvait relever la moindre peccadille conjugale à son actif, on ne les

croyait pas. L'immense succès de son salon
ayant donné naissance à bien des jalousies,
on ne se faisait pas faute de lancer quelque
bonne calomnie contre elle lorsque l'occasion
s'en présentait. Elle s'en moquait d'ailleurs,
liant à sa réputation sa propre estime, à laquelle elle tenait plus qu'à celle des autres.
C'était une évaporée, une tête folle, mais cependant une honnête femme. Et voilà que,
tout à coup, elle se trouvait vis-à-vis d'un
homme qui la troublait comme personne ne
l'avait fait jusque-là. Une simple parole de
lui, une tendre inflexion de voix, et soudain
son imagination partait en campagne, évo-
quant mille joies inconnues dont elle avait
rêvé si souvent. Décidément, il y avait un réel
danger pour elle à retourner chez le sculpteur.
Son mari ne se donnait seulement pas la
peine d'être jaloux... c'était trop fort.

Elle alla chez sa couturière, lui commanda
une robe extravagante, ensuite elle tomba
chez de vieux amis qu'elle n'avait pas vus
depuis six mois et qui furent tout étonnés de
son verbiage nerveux. Rentrée chez elle, elle
fit venir son petit garçon, l'embrassant avec

frénésie. Mais la pensée obsédante qui s'était
implantée dans son cerveau ne s'en allait pas.
Deux jours encore se passèrent ainsi. Elle
apprit que Morou était malade. Alors il se fit
un revirement en elle. La pitié remplaça cet
étrange sentiment d'animosité qu'elle ressentait contre cet homme spirituel, charmant,
dont la belle figure railleuse était toujours
présente à son souvenir. Elle n'y tint plus, il
fallait qu'elle le vît. Qui sait? sa présence le
guérirait peut-être. Elle entendait toujours
cette voix répondant à la question qu'elle lui
avait posée l'autre jour : « C'est parce que je
vous aime! » Il pâlissait, il maigrissait: c'est
parce qu'il l'aimait! Il était en ce moment
dans son lit, saisi par une fièvre de plus en
plus forte : c'est parce qu'il l'aimait!

Elle fit habiller son petit garçon et partit.

Le sculpteur occupait une grande chambre
au dessus de son atelier et y communiquant
par un petit escalier. Une antichambre fort
exiguë la précédait. Jamais Mme Dervaux n'y
était montée. La première fois qu'elle avait
vu Morou c'était dans son atelier, qu'elle connaissait à fond maintenant, mais, bien qu'elle

en eut eu souvent envie, elle n'avait jamais
osé lui demander de visiter sa chambre. Malgré l'intérêt qui l'amenait auprès du sculpteur,
sa curiosité féminine l'emportant, elle jeta
un regard circulaire en entrant :

· Des tableaux de vieux maîtres — pour la plupart des portraits — garnissaient tout le fond
de la grande pièce et dégageaient une indéfinissable expression de tristesse, mais, sur un
autre pan de mur, des paysages et des tableaux
de genre, donnés par des amis, corrigeaient
par leur moderne gaieté la triste impression
des œuvres vieilles des vieux maîtres. Des
réductions de bustes et de statues saillissaient
d'une foule de coins et sur les deux tables et
le chiffonnier à dessus de marbre qui meu-
blaient la chambre. Le lit était petit, en fer,
et composé d'un sommier et d'un matelas.
Le lit d'un homme qui pensait plus souvent
au travail qu'au repos. Sous la légère couver-
ture qui le recouvrait, le corps du sculpteur
se dessinait avec un relief puissant.

Elle était entrée sans bruit, mais cependant
le frou-frou si connu de sa robe, bruissant
légèrement, il détourna la tête de son côté et

ses grands yeux noirs, au dessous desquels
s'estompait une ligne bistrée, la fixèrent d'un
regard profond, aigu, qui lui fit presque re-
gretter sa visite. Elle s'avança cependant et
lui tendit la main.

« — Que vous êtes bonne d'être venue,» s'ex-
clama-t-il en baisant la main mignonne sur le
gant. Elle ne la retira pas.

La concierge qui faisait le ménage du
sculpteur, après avoir introduit la jeune
femme, avança une chaise et sortit. Le petit
garçon s'était assis sur un tapis égaré au
milieu de la chambre et, gravement, s'occupait à faire mouvoir un mannequin en bois
articulé.

« Vous ne voulez donc plus venir poser ? »
interrogea le sculpteur.

« Je vous promets de venir aussitôt que
vous serez rétabli...

— Eh ce ne sera pas long, s'écria-t-il joyeusement, je ne souffre plus du tout. »

Elle resta une demi-heure auprès de lui
et, lorsqu'elle partit, elle se sentait plus
troublée que jamais.

Aussi, pourquoi son mari était-il assez sot

pour ne pas s'apercevoir qu'elle était jolie.
Cet homme dont la famille avait voulu
faire une gloire du barreau passait tout son
temps à son herbier. Botaniste enragé, il restait souvent une heure à fouiller un tas de
bouquins pour découvrir le nom d'une plante
qu'il avait trouvée ou qu'un confrère lui avait
envoyée. Avec cela d'une distraction prover-
biale ; parfois, au printemps, il rentrait d'une
herborisation, sa boîte en zinc en sautoir,
guétré, poussiéreux et pénétrait ainsi dans
le salon de sa femme où son apparition faisait naître un rire épidémique qu'on avait
grand peine à réprimer. Sa femme avait fini
par le prendre presque en haine et la scis-
sion était complète entre eux deux. Cela lui
était égal, de reste, pourvu qu'il trouvât des
plantes et fît des échanges il était heureux.
Peut-être n'était-ce pas sa faute si les choses
se passaient ainsi. Dans le commencement
de son mariage, il avait été galant avec sa
jeune femme, mais elle l'avait épousé sans
amour, pour avoir sa liberté plus complète ;
de plus, il était laid et sans esprit ; n'étant pas
encouragé, seulement subi, il était retourné

à ses herbes. Sa femme prétendait qu'il était
digne de les manger. D'un caractère fort
doux il lui obéissait presque toujours pour
éviter les scènes et, lorsqu'elle le chargeait
d'une invitation pour un artiste, si son herbier ne le retenait pas, il accomplissait sa
mission très consciencieusement.

Au milieu de cet abandon, Mme Dervaux se
débattait contre l'amour de Morou qu'elle
sentait de jour en jour s'emparer plus complètement d'elle. Deux jours se passèrent
ainsi, on était au jeudi, son jour de récep-
tion. Le sculpteur se présenta pour lui faire
visite et l'informer qu'il était prêt à continuer
son buste. La jeune femme promit d'aller à
l'atelier le surlendemain. Elle lui demanda
s'il viendrait le soir, à la réunion hebdoma-
daire des artistes, mais Morou étant encore
un peu fatigué, s'excusa.

Le surlendemain, l'atelier était paré comme
pour une fête. L'artiste avait réuni tout
ce qu'il avait pu trouver de fleurs qui
charriaient à travers l'atmosphère de l'atelier
leurs effluves embaumés. Le petit cabinet en
étoffe surtout était meublé avec amour. Il

l'avait agrandi et décoré des plus jolis paysages qu'il possédait. Un splendide sofa recou-
vert en étoffe d'Orient prenait tout le fond et,
s'étalant doux, moelleux, semblait attendre
le passage d'un corps souple et beau comme
lui. La jolie glace de Venise était placée sur
une table en bois noir à incrustations d'ivoire;
un tapis de Smyrne s'étendait jusqu'à l'entrée du cabinet que fermait une magnifique
portière du Diarbekir d'une rareté inestima-
ble à cette époque.

Il était un peu plus de deux heures lorsque Mme Dervaux entra, accompagnée de
son petit garçon.

Morou paraissait très calme et, elle, avait
repris son air enjoué lorsqu'elle serra la
main de l'artiste. Pourtant il leur sembla à
tous deux qu'un tressaillement les avait
secoués à cette étreinte amicale.

Cette profusion de fleurs, ces mille petits
objets d'art qu'il semblait avoir réunis pour
fêter son arrivée et particulièrement l'arran-
gement ingénieux du cabinet d'étoffe, tout
cela enchanta la jeune femme. Elle traita le
sculpteur de grand fou, mais il vit bien cepen-

dant que ces attentions la rendaient heureuse et la joie le pénétra d'une sensation
imprégnante et douce comme ces parfums
qui s'échappent d'un grand panier plein de
violettes dont, parfois,le porteur vous a frolé
en passant.

Mme Dervaux entra dans le petit cabinet
pour passer son corsage afin de commencer
la séance de suite. Et, de nouveau, le sculpteur sentit un désir plein d'acuité de s'enfoncer
dans sa chair. Dix minutes s'écoulèrent et la
jeune femme sortit, adorable, et exhalant
comme toujours cette troublante senteur
d'iris qui s'amalgamait étrangement, avec
les odeurs de fleurs fraîches qui flottaient
dans l'atelier. Elle s'assit. Le sculpteur, qui
gardait de sa maladie une pâleur très accen-
tuée, sentit, en cet instant, une furtive rou-
geur lui monter aux pommettes, mais cela
s'évanouit assez vite.

Il était là debout, superbe, auprès du buste
en glaise. Sa belle tête retenait un flot de
cheveux noirs qu'il portait très longs et ses
moustaches, également noires, tranchaient
vigoureusement sur ses lèvres fort rouges et

sur la mateur de son visage. Mme Dervaux
ne pouvait s'empêcher de l'admirer. Elle
qui, pour se donner le temps de se préparer,
avait mis un jour d'intervalle entre la
demande du sculpteur et sa venue à l'atelier
sentait sa faiblesse devenir de plus en plus
grande. De plus, la forte odeur de parfums
qui remplissait l'atelier la rendait nerveuse,
mal à son aise... elle devenait un peu pâle.
Morou s'apercevant de ce changement lui
demanda si elle ne se sentait pas malade.

« J'ai besoin d'un peu de repos... oh ce
n'est rien » ajouta-t-elle à un mouvement
d'inquiétude de l'artiste. A peine finissait-
elle sa phrase que sa tête tombait en arrière
et qu'elle s'évanouissait.

Morou affolé, la prit dans ses bras et la
transporta sur le sofa du cabinet. Au bout de
quelques minutes elle revenait à elle. Il lui
fit prendre un verre d'eau sucrée saturée de
fleur d'oranger. En lui rendant le verre, sa
main effleura celle du sculpteur qui la garda ;
elle ne fit aucun effort pour la retirer. Il
voyait sa gorge admirable se soulever par
secousses inégales et toujours l'odeur d'iris

montait et le grisait comme une fumée de champagne. Il l'embrassa et sentit tout son corps se tordre sous son baiser. Elle l'aimait ; maintenant il en était bien sûr.

Ils restèrent près d'une heure ensemble ; puis, tout à coup, la portière se souleva et le petit garçon de Mme Dervaux qu'on avait complètement oublié entra en disant.

« — Dis donc, ami Morou, tu m'embrasses pas comme maman ?... »

LA FAUTE DE Mme DERVAUX

DEUXIÈME PARTIE

E fut plus qu'un amour, ce fut un affolement de tout leur être ; une absorption de tous leurs instants, un flamboiement dans leur vie, la réalisation de tous leurs rêves, enfin.

Lui qui, à trente-deux ans, n'avait jamais éprouvé d'amour sérieux, à peine quelque amour passager avait-il effleuré son cœur, aucun n'était entré. Plusieurs fois, en voyant l'emportement qu'il apportait à ces amours légers, on aurait pu le croire sérieusement épris, mais c'était une dépense de forces nécessaires pour équilibrer son fougueux tempérament... Il ne s'y trompait pas, lui, bien que souvent il sortît épuisé de ces légers combats — mais pour en redevenir plus fort après.

Elle, qui avait en vain cherché l'homme qu'elle devait aimer et qui s'était choisie un mari qu'elle n'aimait pas.

Tous deux poursuivaient un idéal qu'ils croyaient ne jamais atteindre.

Lui, niait l'amour ne l'ayant jamais éprouvé. Elle, y croyait bien sincèrement, le désirait inconsciemment, bien que son honnêteté lui en défendît la pensée. A présent c'était un fait accompli, il lui fallait se résigner, et, fille d'Ève avant tout, elle trouvait la résignation plus que facile..., agréable.

Moroû s'abandonnait avec un bonheur inouï. Buvant à pleines lèvres ce flot d'amour qui débordait en baisers, comprenant alors que l'on pouvait avoir une idole plus charmeuse et plus épuisante que l'Art.

Tous les jours elle venait maintenant passer des après-midis entières à l'atelier. Son mari, voulant compléter sa collection de

plantes alpines, avait entrepris un long
voyage en Suisse. Elle était d'ailleurs aussi
libre lorsqu'il habitait Paris. Morou continuait son buste mais leur exigeant amour en
retardait fort l'exécution, il menaçait de ne
se jamais terminer. Bah ! cela lui était bien
égal aujourd'hui d'avoir son buste au salon.
Que lui importait l'admiration banale d'une
foule d'inconnus alors qu'elle était adorée de
cet homme beau et spirituel, le premier qui
lui eut fait ressentir cette incarnation de la
divinité : l'amour.

Les après-midis leur semblaient si courtes
qu'ils y ajoutaient les matinées ; ils deve-
naient imprudents. Dans leur enveloppement
d'amour ils oubliaient d'y voir clair et sans
doute cela eut mal tourné sans un incident
qui vint bouleverser leur nouvelle existence.

Elle était arrivée de bonne heure, ce jour
là. Entrant par l'atelier dont elle avait une
clef, elle le trouva assis devant une table
sur laquelle on voyait une lettre ouverte.

« — Comme tu es pâle ! » dit-elle en
entrant... toute inquiète.

Du doigt il lui indiqua la lettre. Elle la prit

et, rapidement, en lut le contenu : la mère
de Morou était extrêmement souffrante, et
craignant que sa maladie eût une triste fin,
elle faisait dire à son fils de venir de suite
auprès d'elle.

« — Il faut partir, » dit la jeune femme
en finissant la lettre.

« — Et toi ?

— Je pars avec toi, » répondit-elle résolument.

Oh qu'il fut long le baiser avec lequel il
la remercia, elle en était toute frissonnante.
Puis la réflexion vint, il lui démontra que
son idée était folle ; qu'elle ne pouvait ainsi
abandonner son mari, son enfant, pour le
suivre dans les Pyrénées .. Après tout, ce
n'était que huit ou dix jours de séparation,
ce temps serait vite écoulé. Mais la résolution de la jeune femme fut aussi inébranlable
qu'elle avait été spontanée. Ce voyage pouvait très bien se prolonger plus longtemps
qu'il ne le supposait et elle était trop affolée
de lui pour subir la plus courte des sépara-
tions. Le sculpteur, voyant qu'il était impossible de lui faire changer d'idée, céda et il

fût convenu qu'il partirait d'abord et qu'elle
irait le rejoindre à Orléans, de là, ils se ren-
draient ensemble à Bordeaux, puis dans le
pays qu'habitait la vieille mère de Morou. La
jeune femme raconterait qu'elle partait chez
une de ses amies qui habitait aux environs
de Blois où elle se ferait adresser ses lettres.
Elle dirait tout à son amie étant sûre de sa
discrétion. De cette façon les apparences
seraient à peu près sauvées. Elle n'osait
emmener son enfant ne voulant pas qu'il se
souvînt plus tard de la faute de sa mère
(faute qu'elle subissait avec joie). Ayant décidé
tout cela, elle embrassa son amant et rentra
chez elle pour faire ses préparatifs de départ.

La vue de son fils lui fit éprouver un serrement de cœur. Elle songeait qu'il faudrait
le confier aux soins des bonnes qui, sans
doute, le négligeraient. Sans s'être jamais beaucoup occupée de lui, elle n'était pas mauvaise
mère cependant, de plus, son amour pour le
sculpteur avait réveillé en elle une tendresse
qu'elle ne se connaissait pas et dont quelques
parcelles s'étendaient autour d'elle. Subitement elle pensa, qu'elle pourrait bien emme-

ner l'enfant et le laisser près de Blois, chez
son amie. Cela changerait sa fuite en un
départ très vraisemblable et l'enfant serait
bien soigné. Heureuse d'avoir pris cette
bonne résolution, elle se mit gaiement à faire
ses préparatifs pour partir dès le lendemain.

Jamais un départ ne lui avait semblé si
joyeux. A chaque instant elle embrassait son
enfant qui ne savait à quoi attribuer cette
avalanche de caresses — il en est de nos
douleurs comme de nos joies, il y a toujours
un trop plein du cœur qui a besoin de s'épan-
cher. Ensuite, elle donnait les ordres les plus
contradictoires à ses domestiques qui se
demandaient quel nouveau caprice de madame lui faisait tout bouleverser ainsi. Elle
écrivit à son amie pour la prévenir et fit
également parvenir un mot à Morou pour
lui dire de l'attendre à Blois au lieu d'Orléans.
Comme elle finissait, on vint lui annoncer
que le déjeuner était servi.

Le reste de la journée fut si bien rempli
qu'elle n'eut pas le loisir de s'apercevoir de
la longueur du temps. La nuit lui parut plus
longue malgré la fatigue de la journée ; elle

était si préoccupée qu'elle ne dormit pas.
Enfin le matin arriva. Une voiture les em-
porta, elle et son enfant, à la gare d'Orléans.
Vingt minutes après le fiacre franchissait
l'immense cour qui précède la salle des
départs. Elle prit ses billets, fit enregistrer sa
malle et monta dans le train. Un sifflement
aigu, déchirant, traversa la grande nef de la
gare et le train, après avoir reçu un choc
violent, glissa sur les rails. Tout un monde
de pensées s'agitait dans la jolie tête de la
jeune femme.

Elle songeait à cet amour équivoque qui
s'était emparé d'eux deux. Certes elle n'aurait pas voulu le rompre, elle aimait trop
profondément son amant pour cela ; mais,
malgré elle, dans la solitude de son compartiment, sa raison lui démontrait clairement
combien leur pauvre amour était menacé.
Elle aurait voulu le voir éternel et cependant elle se demandait comment ils pour-
raient se revoir à Paris. Le prétexte de son
buste ne pourrait durer toujours, elle était
très portée à faire des imprudences et sa
réputation d'honnête femme, dont les appa-

rences avaient été sauvegardées jusque-là,
pourrait très bien sombrer. Elle ne songeait
pas à s'enfuir avec son amant, elle l'eut fait
sans doute s'il le lui avait demandé en ce moment, mais cette existence impossible d'une
femme mariée en fuite avec son amant, lui
aurait semblé si répugnante — si en dehors
du chic peut-être — que l'idée ne lui en
venait même pas. Elle était tellement absor-
bée par ses pensées qu'elle en oubliait la
présence de son enfant lorsque celui-ci la
tirant par la manche lui dit :

« — Maman j'ai faim. »

Ce lui fut une distraction. Elle enleva quelques provisions d'un sac qu'elle portait avec
elle et prit plaisir à faire une légère collation avec son André. Le petit s'amusait
beaucoup de ce voyage, ses grands yeux
noirs brillaient de plaisir sous ses beaux
cheveux brun-foncé qui lui retombaient,
bouclés, sur le front. Mme Dervaux, en le
voyant si joli, un peu chétif, se reprochait de
l'avoir tant délaissé.

Le train avait dépassé Orléans depuis
longtemps lorsqu'ils commencèrent leur petit

repas ; peu après Mme Dervaux entendit
l'employé crier : « Mer, cinq minutes d'arrêt. »

« Nous sommes bientôt arrivés » dit-elle
à l'enfant en enveloppant leurs restes dans
un papier qu'elle remit dans son sac.

Dans peu de minutes elle allait être près
de lui ! Maintenant elle ne songeait plus
qu'à cela. Toutes les pensées moroses qui
l'avaient assaillie quelque temps auparavant
cédaient le pas devant celle-là. Elle allait
l'avoir près d'elle pendant un long voyage ;
et de nombreux jours s'écouleraient joyeux ;
il serait là pour lui en faire compter les minutes, les heures bienheureuses et tout
emparadisées de leur amour.

Le train arriva à Blois. Elle ne regardait
pas le joli panorama qui se déroulait devant
elle, ni cette église Saint-Louis que l'on voit de
la gare, et qui, plantée sur une hauteur, semble, de cette distance, vouloir envoyer son
clocher dans les nuages. Une seule chose la
préoccupait, c'était d'apercevoir son amant
de suite. Elle ne tarda pas à voir sa haute
taille se profiler derrière la vitre de la salle
d'attente. En quelques minutes elle fut près

de lui. Un serrement de main long, et ce fut
tout. Morou prit l'enfant par la main et tous
trois quittèrent la gare pour monter dans
une voiture qu'il avait retenue et qui devait
les conduire chez l'amie de Mme Dervaux. Ils
traversèrent presque toute la ville pour se
rendre sur la grand-route qui conduisait au
petit village de la chaussée Saint Victor, but
de leur voyage. Et lorsqu'ils furent arrivés
auprès du village, Valio resta dans la voiture
tandis que Mme Dervaux, accompagnée de
son enfant, allait sonner à la grille d'un
magnifique jardin. Son amie vint elle-même
lui ouvrir, elle l'attendait. Elles s'embrassè-
rent affectueusement, ensuite Mme Ligier —
c'était le nom de l'amie — prit l'enfant dans ses
bras et le trouva fort joli. Elle était enchantée
de la pensée de son amie, n'ayant pas d'enfant et désirant beaucoup en avoir, elle
aimerait et soignerait le cher petit comme
s'il eut été le sien. Puis le laissant jouer
dans le jardin elle entraîna son amie et la
questionna curieusement sur son amour.

Mme Ligier, comme Mme Dervaux, avait
été élevée à Paris. Elle connaissait toutes les

idées de son amie et s'était souvent moquée
de ses rêves d'amour idéal. Elle avait
épousé un brave homme qui n'était certainement pas un phénix mais qui la rendait parfaitement heureuse.

Mme Dervaux, tout en dénigrant son mari,
pour s'excuser sans doute, fit un tel éloge de
son amant que son amie eut une très grande
envie de le voir. Néanmoins, elle blâma la jeune
femme de s'être laissée entraîner par ce malheureux amour qui devait troubler toute son
existence. Elle lui en montra les conséquences
désastreuses, et pour elle, et pour son amant.
Combien serait triste cet amour qu'il faudrait
cacher à tous les yeux et qui, le premier
moment d'effervescence passé, leur pèserait
à tous deux comme une chaîne. Elle la sup-
plia de rompre pendant qu'il était encore
temps afin que son mari, à son retour, ne
s'aperçût pas de ce qui s'était passé.

Ce n'était plus la légère jeune femme un
peu curieuse de tout à l'heure qui parlait
maintenant, c'était une amie sincère qui
aimait Mme Dervaux comme une sœur et qui
la raisonnait avec une éloquence que, seule,

son amitié pouvait lui donner. Mais tous les raisonnements du monde ne pouvaient rien contre un amour aussi violent que celui de la jeune femme et quittant son amie, qui avait renoncé à son désir de voir le sculpteur, elle se rendit à la voiture un peu pensive.

« Bah ! advienne que pourra » se dit-elle en mettant son pied mignon sur le marchepied, et deux secondes après, elle oubliait tout dans les bras de l'artiste.

Le chemin de fer fut assez vivement atteint et comme le train partait dix minutes après ils reprenaient leur voyage, heureux d'être seuls et de s'aimer. Tours apparut et disparut, puis bien d'autres villes encore, le temps ne leur semblait pas long. Ils passèrent la nuit en chemin de fer et virent se lever le soleil.

Un rond jaune pâli, derrière les nuages, qui bientôt augmentait d'éclat et commençait à fatiguer les yeux obstinés à le fixer. Quelques secondes après il se découvrait resplendissant et leur versait des rayons chauds comme ceux épandus autour d'eux par leur rayonnant amour. Ils arrivèrent à Bordeaux

où ils durent prendre encore un nouveau
train qui les conduisit à Pau, de là, ils se
rendirent, en voiture, au petit village de
Lasseube — près Lasseubetat et non loin
d'Oloron — où demeurait la mère du sculpteur.

La maison était située à l'extrémité du village, à peu près isolée. Mme Morou n'avait
qu'une domestique, vieille femme qui lui
était fort dévouée et sur la discrétion de
laquelle on pouvait compter. Elle installa
Mme Dervaux dans une petite chambre simplement et très proprement meublée. Morou
présenta la jolie voyageuse à sa mère comme
une de ses amies.

La bonne femme, presque une campagnar-
de, embrassa la maîtresse de son fils sans se
douter de la vérité, qui eut révolté sa rigide
honnêteté si elle l'eut connue. Mais son fils
était placé si haut dans son esprit qu'elle ne
le soupçonnait même pas. L'amour est aveugle, dit-on. C'est surtout à l'amour maternel
que cet aveuglement s'applique ; à cet amour
entier, profond, que jamais la jalousie ou un
autre sentiment ne peut altérer. Mme Dervaux

avait voulu louer une chambre dans le village, mais Morou était tellement fou d'elle
qu'il avait tenu absolument à ce qu'elle habi-
tât chez lui. Ne l'estimait-il pas comme sa
femme ?... elle était donc digne d'habiter sous
le même toit que sa mère. L'artiste trouvait
cela tout naturel.

Mme Morou éprouva un mieux sensible en
voyant arriver son fils, mais la maladie
était fort douloureuse et menaçait de se prolonger assez longtemps. Les amoureux ne
voulaient la quitter que guérie. Ils se réso-
lurent, avec joie, à prolonger leur séjour
auprès de la vieille femme que cela rendait
si heureuse. Tous les jours ils s'en allaient
faire des courses dans ce pays que Morou
tenait à faire admirer à sa maîtresse. Souvent ils poussaient leurs excursions un peu
loin, jusqu'à la montagne et grimpaient le
long de ces rochers immenses, tantôt arides,
tantôt recouverts de bois résineux.

Oh le bon temps qu'ils passèrent ensemble !
combien leur semblaient douces ces prome-
nades amoureuses qu'ils recommençaient
chaque jour sans jamais se lasser. Il sem-

blait qu'une éternité de bonheur leur était due
tant ils le goûtaient tranquillement. Cependant, le sculpteur voyait parfois passer une
ombre légère sur le front de la jeune femme
et quand il lui en demandait la cause elle
lui répondait en souriant qu'elle n'avait rien.
Elle avait une façon tellement irrésistible de
lui prouver qu'elle disait vrai qu'il n'osait la
questionner davantage. La mère se portait
de mieux en mieux, mais les deux jeunes gens
se trouvaient trop bien dans leur petit village
pour avoir le désir de le quitter.

Un matin Mme Dervaux reçut une lettre
de son mari. Elle alla s'enfermer dans sa
chambre pour la lire plus à son aise. Cette
lettre était renfermée dans une autre de
Mme Ligier chez qui elle avait été adressée.
M. Dervaux informait sa femme qu'il était de
retour à Paris et qu'il comptait aller la chercher dans quelques jours à la Chaussée-
Saint-Victor. En lisant cette lettre la jeune
femme tomba anéantie dans un fauteuil. Ce
coup de foudre qui la frappait en plein bonheur lui enlevait toutes ses facultés, elle ne
songeait même pas à lire la lettre de son

amie qui accompagnait celle de son mari.
Par bonheur, Mme Ligier avait lu cette dernière lettre ainsi que Mme Dervaux le lui
avait expressément recommandé, du reste.
Elle écrivait à son amie de revenir à la Chaus-
sée-Saint-Victor, qu'elle l'attendait. De cette
façon, les apparences seraient sauvées. M. Dervaux la retrouverait tranquillement installée
chez son amie et ne se douterait de rien.
Elle avait expliqué à son mari la fausse
situation de la jeune femme et, tout en la
blâmant, il avait promis de l'aider de tout
son pouvoir à sortir de cette situation.

Mme Dervaux avait fini par lire les deux
lettres. Son amie lui conseillait, de nouveau,
de rompre avec son amant, mais d'une façon
plus pressante que la première fois. Et la
pauvre jeune femme qui cherchait en elle-
même des arguments contre les raisonnements de son amie, n'en pouvait trouver
aucun, sinon qu'elle était folle de Morou et
ne se sentait pas la force de le quitter. Elle
refit le cher historique de leur amour depuis
le commencement jusqu'à ce jour, prenant
comme un bain parfumé de souvenirs, puis

elle passa du passé au présent, du présent à
l'avenir. Oh l'avenir !

Morou n'ayant aucune fortune était obligé
de retourner à Paris pour travailler. Si donc
elle le suivait, elle serait exposée à rencontrer à chaque pas d'anciennes amies qui la
mépriseraient autant qu'elles l'avaient enviée.
Le sculpteur ne pouvant l'emmener dans le
monde elle nuirait certainement à son avenir
si elle voulait le retenir près d'elle. Puis, qui
sait ? Peut-être un jour se lasserait-il de cet
amour si exigeant et si monotone. Cette
pensée était horrible mais vraisemblable.
Elle avait vingt-sept ans et connaissait
la vie.

Allons, décidément son amie avait raison,
il lui fallait prendre une résolution défini-
tive.

Interrompre leur amour en pleine florai-
son, faire cesser leur bonheur à un moment
où il était tellement divin qu'il semblait ne
devoir jamais finir. Combien était profonde
son angoisse en songeant à ce triste épilogue !
Mais la poignante réalité se dressait devant
elle, il fallait courber la tête et étouffer sa

souffrance. Comme un blessé qui ne veut pas crier sa douleur dont l'acuité se trahit cependant par les larmes qui s'échappent de ses yeux, elle sentait les siennes lui glisser le long des joues à la pensée de l'horrible séparation. Voulant en dissimuler les traces elle se trempa le visage dans l'eau et descendit pour faire une promenade toute seule.

Elle dit à la vieille bonne de prévenir le sculpteur qu'elle serait rentrée dans une heure, puis elle sortit par une petite porte percée au fond du jardin qui entourait la jolie maisonnette qu'ils habitaient. Elle s'affermit dans sa résolution en songeant que le sacrifice qu'elle faisait profiterait à son amant, puis, sa promenade achevée, elle rentra un peu plus calme.

Morou l'attendait, un peu inquiet, il ne l'avait pas vue de la matinée et ne s'expliquait pas pourquoi elle était sortie seule, mais elle lui répondit, avec ce sourire qu'elle savait irrésistible, qu'ayant un peu de migraine elle n'avait voulu en incommoder personne. Le sculpteur attribua à cette migraine la légère pâleur qui s'étendait sur le

visage de la jeune femme, reste des émotions
du matin. Le déjeuner fut assez calme, aussitôt terminé, Mme Dervaux demanda à
Morou de la conduire à l'endroit où ils
avaient fait leur première promenade. Et,
les trois jours qui suivirent, elle voulut
repasser dans tous les lieux qu'ils avaient
fréquentés depuis leur arrivée dans le petit
village. La jeune femme tenait à faire ce
lugubre pèlerinage avec lui, regardant chaque
endroit avec un intérêt douloureux, en fixant
les aspects dans son esprit, afin de pouvoir
se consoler dans ses moments de désespoir
avec ses souvenirs d'amour.

C'étaient des tendresses sans fin de la part
de la pauvre femme, elle semblait n'avoir
jamais autant aimé son amant; en réalité, elle
faisait des provisions d'amour pour toute sa
vie.

A quelques jours de là, Mme Morou eut une
crise un peu forte et son fils alla chercher
un médecin à Lasseube. Mme Dervaux profita
de son absence pour faire charger sur une
voiture du village, sa malle qui était toute
prête et se fit conduire à Oloron où elle pen-

sait trouver un véhicule qui la conduirait
rapidement à Pau. Elle laissa une lettre
d'adieu au sculpteur et elle partit après
avoir embrassé la vieille Mme Morou, très
étonnée de ce départ subit.

Le solide cheval attelé à la charrette qui
l'emportait ne mit pas trop longtemps à
atteindre Oloron où elle put se procurer une
voiture plus confortable et se rendre en
quelques heures à Pau. Elle reprit tristement
ce train qui l'avait amenée si joyeuse et
durant tout le trajet, comme elle eut la
chance d'être presque toujours seule, elle
pleura son pauvre amour si vif, si brûlant,
la veille et maintenant si désespéré. Le
train s'arrêta enfin à Blois.

Ce fût avec un grand serrement de cœur
qu'elle arriva à la propriété de son amie qui
l'attendait et l'embrassa affectueusement
aussitôt qu'elle descendit de voiture. M. Ligier
vint rejoindre sa femme et fut aussi affec-
tueux qu'elle, il tenait le petit garçon de
Mme Dervaux par la main, celle-ci se baissa
pour embrasser son enfant puis une pensée
lui traversa l'esprit : c'était le fils de son

mari ! Après tout, c'était le sien aussi et ne
devait-elle pas l'aimer doublement en expiation de sa faute. On conduisit Mme Dervaux
dans une jolie chambre où le lit de son petit
garçon était installé. Mme Ligier ne la quitta
pas et sa parole honnête et douce calma un
peu les angoisses qui torturaient la pauvre
jeune femme depuis qu'elle s'était séparée de
son amant. La nuit qu'elle passa ne fut pas
trop agitée. Pour se donner du courage, elle
avait pris son petit garçon dans son lit et,
de voir dormir cet enfant de son joli sommeil d'ange, cela calmait, soulageait sa brû-
lante douleur comme un filet d'eau fraîche
sur une plaie vive.

Le lendemain matin son mari arriva. Aussitôt qu'elle l'apprit, elle le fit appeler,désirant
causer seule avec lui. L'enfant était déjà au
jardin en train de jouer. M. Dervaux entra
en souriant et demanda poliment à sa femme
comment elle se portait, elle le remercia de
l'intérêt qu'il lui témoignait et le pria de
s'asseoir afin d'écouter une très longue explication qu'elle avait à lui donner.

Et, le plus rapidement qu'elle put, elle lui

raconta les principaux détails de sa liaison
avec Morou. Ses luttes avant de succomber —
alors que lui au lieu de la soutenir s'occupait
à chercher des herbes — son évanouissement
dans l'atelier, ce voyage en chemin de fer et
ces six semaines d'amour passées dans les
Pyrénées. Elle mettait une âpre franchise à
s'accuser, par moments sa faute l'effrayait
devant ce juge qu'elle s'était donné et sa
voix devenait brève, saccadée, puis elle reprenait son récit, vite, vite, presque inintelli-
giblement, pressée d'en finir.

En achevant son récit, elle déclara qu'elle
était prête à se soumettre à toutes les conditions que lui imposerait son mari, elle
voulait réparer sa faute. Son intention était,
d'ailleurs, de renoncer à la vie mondaine et
de se retirer en province pour se consacrer
tout entière à son enfant si toutefois son
mari voulait bien le lui laisser. Elle ne lui
cacha pas qu'elle aimait toujours son amant,
mais elle lui jura qu'elle ne le reverrait
jamais.

M. Dervaux, comme pétrifié, écoutait sans
dire un mot cette belle histoire d'amour qui

finissait si douloureusement. Il se sentait une
jalousie rageuse contre le sculpteur qui lui
avait volé l'amour de cette adorable femme,
mais, comme tous les gens un peu simples, il
était bon et le plus coupable lui semblait être
Morou. Il s'accusait bien un peu aussi de
s'être laissé décourager par cette orgueil-
leuse mondaine si humble en ce moment...
s'il l'avait un peu moins délaissée, elle n'aurait peut-être pas succombé. Son honneur
étant sauf — du moins en apparence — il
était tout prêt à pardonner. Cependant, sa
femme semblait encore avoir une confidence
à lui faire et elle n'osait. Il l'interrogea doucement et toute honteuse elle lui avoua
qu'elle était enceinte.

Ce fut le dernier coup pour le pauvre
homme, et cette fois il se redressa menaçant,
décidé à prendre une résolution dure et défi-
nitive. Mais l'idée d'une séparation avec tout
le scandale qui l'accompagne, l'effraya. Puis
elle semblait se repentir si réellement ; d'ailleurs, elle était prête à se soumettre à tout.
Sa décision fut vite prise.

Ils possédaient une magnifique propriété

dans les Ardennes, auprès de Signy-l'Abbaye,
où elle se retirerait avec son enfant. Là, elle
accoucherait et si l'enfant qu'elle devait
mettre au monde vivait, il consentait à
passer pour en être le père. Mais elle lui
promettrait de ne pas retourner à Paris
avant cinq ans, ils n'y garderaient, du reste,
qu'un petit pied-à-terre. Les meubles de leur
magnifique appartement de la rue Saint-Pla-
cide étant inutiles, seraient vendus.

Elle se résigna à tout, et quinze jours après
elle quittait l'hospitalière maison de son
amie pour se rendre à sa propriété des
Ardennes où tout avait été préparé en vue
de son arrivée.

Quelques mois après, elle accoucha d'un
garçon qui vécut et qu'elle éleva sans le
choyer plus que celui de son mari. Elle s'é-
tait imposé comme expiation de sa faute de
les aimer autant l'un que l'autre, et elle eut
la force de volonté de ne jamais manquer à
sa parole. Pourtant, ce lui était une grande
consolation d'avoir cet enfant auprès d'elle,
vivante image d'un passif amour qu'elle sentait éternel. Jamais elle ne revint à Paris

Et les bonnes gens des environs admiraient
cette belle dame qui emmenait toujours ses
enfants lorsqu'elle allait porter ses aumônes
aux pauvres.

L'aîné, un peu chétif, le front sérieux, l'esprit déjà chercheur ; nature de savant —
comme son père.

Le plus jeune, grand, fort, le sang bouillon-
nant dans les veines, l'esprit admiratif ; nature d'artiste — comme son père.

*
* *

Cependant, Morou s'était rendu à Lasseube
et n'avait pu y rencontrer le médecin. On lui
dit qu'il devait être chez un malade non loin
du bourg, il y courut et eut la chance de le
trouver. Au bout d'une heure environ, il finit
enfin par être libre et le sculpteur put l'emmener à Lasseubetat. Il était temps. La vieille
Mme Morou était saisie par une crise
aiguë que le médecin, qui connaissait bien le

tempérament de sa malade, fit cesser en lui
administrant un remède qu'il avait apporté
avec lui. Une demi-heure encore se passa à
donner des soins à la vieille femme.

Dans l'effarement général, Morou avait
oublié sa maîtresse, et lorsque tout fut calmé
il demanda s'il ne pouvait pas monter lui
présenter ses devoirs. Ils affectaient un
grand respect l'un pour l'autre devant le
monde et même devant la bonne. Lorsque
l'artiste apprit qu'elle était partie depuis plus
de deux heures, avec sa malle, le coup fut
tellement violent qu'il s'affaissa sur un fauteuil, hébété, les yeux dilatés, hagards, et ne
semblant plus distinguer les objets sur lesquels ils fixaient leurs regards. Puis la face
se colorait d'une légère teinte rose qui allait
s'augmentant de minute en minute, sans
doute l'apoplexie était proche. Le médecin
devait heureusement rester pour déjeuner et
sans perdre de temps il le saigna.

Le soulagement fut immédiat et Morou
essaya de remettre quelque ordre dans ses
idées. L'essaim de ses pensées tourbillonnait
si rapide dans son cerveau qu'il cherchait, en

vain, à en ressaisir le fil. Peu à peu le calme
revint et la réalité se dressa poignante, horrible, devant lui. On entendit comme un cri
rauque s'étrangler dans sa gorge ; d'un bond
il sortit de la pièce où il se trouvait et monta
dans la chambre qu'avait occupée Mme Dervaux.

Toute cette petite scène s'était passée dans
la salle à manger, de sorte que Mme Morou,
qui occupait la pièce voisine, ne s'aperçut de
rien.

Arrivé dans la chambre de sa maitresse, le
sculpteur la trouva en si bon ordre qu'un
moment il douta de la véracité du récit de sa
vieille bonne. Rien n'annonçait un départ
précipité, le lit lui-même était fait. Ce lit,
qu'elle, la mondaine, la reine de la mode,
faisait de ses jolies mains pour ne pas fatiguer la bonne que l'âge rendait un peu impo-
tente et qui était habituée à faire le service
d'une seule personne.

Mais, sur une table, au milieu de la chambre,
une lettre cachetée frappait le regard. Le
sculpteur la saisit précipitamment ; pourtant, au moment de l'ouvrir, il s'arrêta.

L'arrêt de mort de leur cher amour était sans doute contenu dans cette lettre dont les mots « A Monsieur Morou » tracés sur l'enveloppe, d'une fine écriture un peu tremblée, semblaient danser une sarabande endiablée devant le regard indécis de l'artiste. Mieux valait en finir de suite; il décacheta la lettre et lut.

Des frémissements lui secouaient les mains et des frissons aigus lui glissaient sous la peau à la lecture de cette lettre d'une femme si adorable et tant adorée. Il lui passait devant les yeux comme un humide brouillard, précurseur de larmes qui, bientôt, coulèrent en lui procurant un profond soulagement. Il avait songé un instant à la poursuivre mais, au nom de leur amour, elle le suppliait de ne pas le faire. D'ailleurs, en agissant ainsi, il aurait pu la compromettre, et cette considération seule eut suffi pour l'arrêter dans son dessein. Il relisait la lettre quand on vint frapper à la porte.

C'était la bonne qui venait le prévenir que le déjeuner était prêt. Il descendit et trouva le docteur à table l'attendant. Pour suivre

les conseils du brave homme. il essaya de
manger mais ne put y parvenir. Le déjeuner
fini, il sortit.

Un immense besoin de revoir tous les
endroits où elle avait passé le saisissait.
Maintenant il comprenait pourquoi, ces jours
derniers, ils avaient fait ensemble ce pèlerinage amoureux. Comme ces endroits étaient
tristes, à présent qu'elle n'était plus là pour
tout animer de son radieux sourire et de la
lueur gaie de ses jolis yeux. Et, l'après-midi
entière, il parcourut les chers coins où leur
amour s'était épanoui vivace et rayonnant
comme ces vigoureuses plantes nommées
tourne-sols, ressemblant à d'immenses mar-
guerites dont les pétales seraient dorés et
qui, toujours, lèvent orgueilleusement leurs
têtes vers le soleil.

Enfin le soir, fatigué, il s'assit sur un talus
dominant une petite route creusée presque
en plein roc. L'herbe avait poussé drue le
long de ce talus et cela faisait une couche
inclinée, assez douce, où, bien souvent, ils
s'étaient reposés ensemble. Et ce lui était
d'une douloureuse douceur de s'étendre en

cet endroit solitaire qui semblait encore tout imprégné d'elle.

Machinalement, il sortit sa lettre qu'il avait toujours sur lui et se mit à la lire tout haut. Il lui semblait que de cette façon les mots lui pénétraient mieux dans le cœur. Et sa voix, tantôt forte, tantôt basse, et comme entrecoupée de sanglots, dans un chantonnement lent, disait les dernières pensées de la très adorée au moment de le quitter. Oh! qu'elle était navrante cette lettre dont chaque phrase renfermait une larme.

« Mon cher ami, disait la lettre, sans
» doute vous trouvez ce nom d'ami bien dur
» après tous ceux que je vous ai donnés dans
» l'ivresse de notre ardent amour. Mais c'est
» celui par lequel je dois vous désigner main-
» tenant — à contre-cœur, je vous l'assure
» — le seul que vous devez conserver pour
» moi. Tout ce que je vous dis là et vais vous
» dire encore vous fera souffrir sans doute,
» mais si vous saviez ce que moi-même je
» souffre en vous écrivant, vous trouveriez
» votre douleur moins forte en sentant com-
» bien elle est partagée. Oui, mon cher grand

» artiste, c'est le seul nom d'amitié qui doit
» désormais subsister entre nous, c'est le
» nom qui doit remplacer celui d'amour que
» j'avais tant de bonheur à prononcer.

» J'ai reçu une lettre de mon mari, il y a
» quelques jours et je n'ai point voulu vous
» en parler, cela vous aurait attristé inuti-
» lement. Mon mari me rappelle, il est le
» maître, et je dois aller le rejoindre, empor-
» tant dans mon cœur l'éternel souvenir d'un
» amour qui a fait le bonheur et le malheur
» de ma vie. J'aurais pu rester (vous direz-
» vous peut-être?...) Hélas! c'est impossible.
» J'y ai songé, et la réalité de la vie s'est
» présentée devant moi. Il vous faut travail-
» ler pour vivre et par conséquent habiter
» Paris. Je vous aurais gênée en tout, aussi
» bien dans vos relations que dans votre tra-
» vail. Puis la vie dans cette ville, où j'étais
» exposée à rencontrer d'anciens amis m'ef-
» frayait un peu, je vous l'avoue. Certes, si
» cela vous eût été vraiment utile, indispen-
» sable, j'aurais passé sur cet effroi et je ne
» vous aurais pas quitté. Votre douleur sera
» grande, sans doute, mais le temps l'atté-

11

» nuera. Nous nous sommes aimés à une
» époque où tous deux nous connaissions bien
» la vie, et cela ne nous a pas empêchés de
» faire cette folie. Mais vous comprendrez,
» comme je le comprends, combien il est in-
» supportable d'avoir une maîtresse mariée
» avec laquelle on ne peut sortir et qui vou-
» drait toujours vous avoir auprès d'elle.
» Cette existence est possible pour une femme
» et non pour un homme. Vous voyez donc
» bien, mon ami, qu'il me fallait partir, et
» j'ai brusqué le dénouement en vous quit-
» tant à l'improviste. Ma malle était prépa-
» rée et une voiture retenue depuis trois jours.
» Ayant l'intention de m'en aller à la pre-
» mière occasion que le hasard m'offrirait,
» je craignais trop le déchirement des adieux.
» Ce matin, je profite de votre départ pour
» Lasseube et je fuis... Oh! je vous en sup-
» plie, ne me poursuivez pas. Je vais retrou-
» ver mon mari et lui avouer tout, en lui
» déclarant que je ne veux plus vivre que
» pour mon enfant (le mot « mon » avait été
» barré et non remplacé). Je suis décidée à
» me retirer en province et à ne jamais re-

» tourner à Paris. M. Dervaux est bon et
» faible, il me pardonnera, j'en suis certaine.
» Je ne lui cacherai pas que je t'aime en-
» core, que je t'adore même, car ton image
» est si profondément incrustée dans mon
» cœur qu'elle ne pourra s'effacer, et je le
» sens qui éclate, à la fin, de s'être tant con-
» tenu pour écrire toutes les tristes choses
» qui précèdent, quand tant de mots divins
» s'exhalent de mon amour comme les par-
» fums s'épandent des roses.

» Mon mari saura tout. L'amour qui m'a
» saisie quand je t'ai vu; les longues heures
» que j'ai passées auprès de toi, dans une
» extase amoureuse indéfinissable, alors que
» nos cœurs gazouillaient comme des nids
» d'oiseaux et faisaient monter des flots de
» baisers sur nos lèvres. Oh! que tu m'as
» donné de bonheur, cher adoré! Malgré
» moi, ce nom d'amitié que je voulais t'im-
» poser s'envole de mon esprit, celui d'amour
» vient, tenace, délirant, en prendre la place.
» Je sens bien — et mon cœur en est brisé,
» et les sanglots m'en montent à la gorge
» sans pouvoir sortir, tant ma douleur est

» grande — je sens bien, vois-tu, que je t'aime
» pour la vie, et c'est pourquoi je te fuis, car
» j'ai peur de moi; je te fuis et te dis adieu en
» te donnant un long, long baiser, éternel
» comme mon amour. CLOTILDE DERVAUX. »

La lettre tremblait dans la main du sculpteur comme une feuille sous le vent. Il était
sept heures du soir. Morou se leva pour rentrer, et, là-bas, derrière les hautes montagnes, le soleil descendait lentement se coucher. Il brillait comme un superbe disque
d'or rouge. En bas, tout autour de lui, les
montagnes se couvraient d'un flottant brouillard gris-violet, qui toujours allait en s'épais-
sissant; en haut, les nuages qui entouraient
le disque solaire s'enflammaient de resplendissantes couleurs orange, jaune, rouge, sur
lesquelles les montagnes découpaient, audessus du brouillard, leurs silhouettes immenses et tourmentées. Cependant, le soleil
semblait briller d'un plus vif éclat, et les
splendeurs féeriques des nuages — à mesure
que son rayonnement augmentait — dimi-
nuaient graduellement, et bientôt il n'y eut
plus de brillant dans le ciel que le rutilant

globe de feu qui disparut tout d'un coup en
jetant une dernière lueur magnifiquement
flamboyante. Et le ciel et les montagnes s'en-
veloppèrent d'un immense linceul d'ombre.

Morou, en rentrant chez lui, ne pouvait
s'empêcher de comparer leur amour à ce
soleil couchant; comme lui, il avait brillé d'un
éclat si vif qu'il illuminait tout ce qui l'entourait; comme lui encore, il avait disparu
subitement, ayant lancé son dernier flamboiement et laissant après lui une nuit qui
devait être éternelle.

UN FAUTEUIL RATÉ

UN FAUTEUIL RATÉ

I

A mon père.

'EST égal, Eugène, il faut que tu aies une belle envie d'être de l'Académie pour que je me sois résolue à aller à l'enterrement de ce monsieur Durand.

— Il est certain, répondit Monin à sa femme, qu'il aurait bien dû choisir un temps moins chaud pour quitter ce bas monde. Ces immortels se croient tout permis. Si tu ne tenais pas tant à ce que je sois de l'Académie, je ne me serais certes pas dérangé.

— Comment... que je tiens !... mais il me semble au contraire...

— Voyons, ma chère amie, ne discutons

pas, je suis fatigué. D'ailleurs, j'ai mon opi-
nion faite à ce sujet...

— Et moi aussi, morbleu !

— Oh ! morbleu pour la femme d'un académicien... futur.

— Prends garde que ce futur ne soit jamais
présent.

Tu deviens épigrammatique ; allons dîner
cela te calmera. » Et Monin offrit galamment
son bras à son épouse qui l'accepta comme
si rien ne s'était passé entre eux. Ces petites
disputes leur servaient d'apéritif.

Une salle à manger meublée avec un luxe
très bourgeois. Les meubles étaient de ce
chêne sculpté qui n'avait de vieux que le
nom. Un coucou de la forêt Noire, fabriqué
dans le passage Colbert, était placé sur un
léger support. Enfin, quelques faïences imita-
tion de Gien et de vieux Rouen s'ennuyaient
aux murs sous l'étreinte de leur triple atta-
che. La table, recouverte d'une de ces nappes
américaines appelées nappes de famille,
supportait deux couverts et une soupière
qui exhalait d'odorants parfums.

Tous deux s'assirent, Monin passa un coin

de sa serviette entre son col et son cou et Mme Monin fixa la sienne sur sa vaste poitrine au moyen de deux agrafes.

Ils commencèrent silencieusement leur dîner, puis le mari se mit à parler de la mort de l'académicien. Quelle bonne fortune ce serait pour lui d'être appelé à le remplacer! La femme, pour toute réponse, acquiesçait de la tête. Pour atteindre ce but, les deux époux décidèrent que leurs démarches commenceraient dès le lendemain. Puis, le dîner fini, passant dans leur salon, et après s'être livré à une laborieuse partie d'échecs, ils allèrent se coucher.

Le lendemain, leur déjeuner du matin achevé, les deux époux partirent chacun de son côté pour entreprendre la chasse au fauteuil. Deux voitures les attendaient devant leur porte. La besogne était très également distribuée entre eux. Il s'agissait de rendre visite à quelques académiciens très influents et de flatter leurs petites manies. On avait eu tous les détails intimes les concernant par une vieille demoiselle qui était intimement liée avec plusieurs immortels et connaissait

toutes les menues habitudes des autres.
Mme Monin se chargeait de ceux qui étaient
garçons. Sa voiture prit à gauche et celle
de son mari à droite.

II

Monin, enfoncé dans un coin de son fiacre,
songeait aux nombreux speech qu'il allait lui
falloir prononcer. Quant il s'agissait d'al-
longer des phrases sur le papier, il s'en tirait
encore, il l'avait prouvé à l'occasion, pas
trop souvent cependant. Sa femme prétendait que c'était par modestie.

Comme on est heureux d'être orateur!

Les phrases venaient assez bien quand il
les pensait, mais aussitôt qu'il se les répé-
tait tout haut elles s'embrouillaient. Cela lui
donnait une idée très juste de l'effet qu'il
produirait... C'était navrant.

Sur ces réflexions, la voiture s'arrêta. Il
était arrivé devant la maison du premier
académicien.

Un superbe pâté de foie gras sous le bras
il monta deux étages et sonna.

On l'introduisit au salon. Là, sans aucun

plaisir, il rencontra deux poètes, Baropé et
Cornier, qu'il reconnut pour être ses concurrents pour le quarantième fauteuil. Ces messieurs se regardaient avec autant d'amitié
que trois bouledogues devant un os. Au bout
de quelques minutes, la femme de l'immortel
vint excuser son mari. Il était assez souf-
frant en ce moment. Quant à sa voix, il ne
pouvait la promettre à aucune des personnes
présentes, elle était depuis longtemps acquise
à un de ses amis intimes, le quatrième postulant au fauteuil vacant.

Cette annonce produisit un effet singulier.
Au lieu de rendre les trois concurrents moroses comme cela aurait semblé naturel,
n'étant plus adversaires, ils redevinrent
charmants.

Monin avait un peu d'esprit — quand il ne
parlait pas trop — Baropée était un homme
d'un talent remarquable, et Cornier ne manquait pas d'intelligence.

La femme de l'académicien était instruite
autant qu'aimable. Aussi, la conversation
devint si brillante et si animée que les trois
hommes ne s'aperçurent de la marche du

temps qu'au bout de près d'une heure. En
s'excusant d'être restés si longtemps ils sortirent ensemble et se quittèrent très amica-
lement.

« — Oh ! vous savez, leur dit Monin en
remontant dans sa voiture, moi, je ne tiens
pas plus que cela à être nommé, mais c'est
à cause de ma femme, elle en ferait une maladie. » Il n'avait pas manqué de rattraper
son pâté de foie gras au passage, c'était
toujours autant de gagné.

Il donna à son cocher l'adresse d'un nouvel académicien. N'étant pas bien certain
d'avoir donné le numéro exact, et voulant le
contrôler, il chercha sa liste dans sa poche.
En la voyant, il ne put retenir un cri... il
s'était trompé de liste ! Il avait celle qui
était destinée à sa femme et naturellement
elle avait la sienne. A tout prix il lui fallait
rejoindre Mme Monin pour l'arrêter dans ses
courses ou bien son fauteuil était raté.

Sur sa liste il avait inscrit le nom des
académiciens, sans ordre, simplement pour
les adresses. Il savait bien par lesquels il
devait commencer. C'est pourquoi il ne pou-

vait se rappeler quels étaient les premiers
noms inscrits. Il avait beau se torturer l'esprit, aucun souvenir précis n'en sortait.
Enfin, à tout hasard, il indiqua une nouvelle
adresse à son cocher que ce changement
d'itinéraire fît grogner un peu.

III

Mme Monin, dans sa voiture, étudiait cons-
cencieusement la liste que lui avait donnée
son mari. Il y avait des signes en face des
noms : les étoiles signifiaient, langues fumées ;
les croix, saucissons d'Arles et le chiffre
1 jambon d'Yorck. C'était par la bouche que
l'on cherchait à séduire les immortels, moyen
de les faire parler, avait dit la vieille fille au
courant de leurs habitudes.

Mme Monin fut étonnée de ne pas voir sur
sa liste le nom de l'académicien dont son
mari venait de donner, à l'instant, l'adresse
à son cocher.

« Il est si troublé en ce moment, ce pauvre Eugène, pensa-t-elle, qu'il aura oublié
d'écrire ce nom. » La voiture était arrivée,
elle descendit. L'académicien était sorti, elle

y comptait bien. Mais une difficulté se présenta, n'ayant aucune indication sur sa liste
elle ne savait quel cadeau lui faire. A tout
hasard, elle prit une langue fumée dans sa
voiture, et la laissa chez le concierge. Puis
elle donna la première adresse de sa liste à
son cocher qui, de nouveau, l'arrêtait au
bout de vingt minutes. Cette fois-ci, l'académicien se trouvait chez lui. C'était fâcheux,
elle espérait ne pas rencontrer la plupart de
ceux auxquels elle allait rendre visite, tenant
seulement à leur laisser une carte et un petit
cadeau. Quelle drôle d'idée avait eue celui-là
en ne sortant pas... Oh si Eugène n'avait pas
eu tant envie d'étre de l'académie !...

Arrivée au troisième étage elle sonna. Un
domestique vint lui ouvrir et l'introduisit
dans le salon. Elle fit mander à M. Ducourt
qu'elle désirait lui parler. Le domestique
revint, quelques secondes après, dire que son
maitre n'était pas visible en ce moment,
mais madame priait la visiteuse d'attendre
un instant, elle allait venir elle-même excuser son mari.

« Son mari !... l'effrontée avait voulu dire

son amant sans doute, puisque l'académicien
n'était pas marié... » Eugène lui avait encore
répété avant de partir : — « Tu ne vas que
chez des garçons... tu seras bien tranquille,
c'est l'heure où ils sont tous sortis. »

Et la rigide Mme Monin frémissait à l'idée
qu'il lui faudrait être aimable avec cette femme
qui jouait probablement à la maîtresse légitime.

Une petite femme, sèche, laide, l'air aimable
cependant, entra dans le salon.

Elle n'est pas jolie, pensa Mme Monin. Sa-
luant gracieusement sa visiteuse et lui faisant
signe de s'asseoir, elle lui demanda quelle
raison l'amenait auprès de son mari.

Mme Monin comprit qu'il fallait être poli-
tique et traiter cette femme comme une égale
et elle lui expliqua en quelques mots le but de
sa visite. « Car voyez-vous, madame, ajouta-
t-elle, si mon mari n'est pas nommé il ne s'en
consolera pas. »

La prétendue Mme Ducourt promit d'user
de toute son influence sur son pseudo-mari,
et Mme Monin sortit enchantée de sa visite
en ayant soin de laisser la langue fumée destinée à l'académicien.

Elle donna au cocher la seconde adresse
de sa liste. C'était justement la maison d'où
sortait son mari.

Arrivée à destination, la voiture s'arrêta et
Mme Monin eut encore le désagrément d'ap-
prendre que l'académicien était chez lui.

« Décidément, je n'ai pas de chance » se
disait-elle en montant l'escalier. Suivant l'indication de sa liste, elle avait eu soin de prendre un pâté de foie gras avant de monter.
Elle sonna. Une femme de chambre vint lui
ouvrir, et comme chez le précédent académicien on la fit entrer au salon.

Deux minutes ne s'étaient pas passées
qu'une dame entrait.

« Comment ! il a une maitresse aussi celui-
là, se dit mentalement Mme Monin... Eh bien
je ferai bien de surveiller Eugène s'il est
admis dans cette compagnie. » Elle expliqua
cependant à la dame pour quel motif elle
était venue.

La femme de l'académicien lui répondit que
la voix de son mari n'était pas libre comme
elle venait de le dire à trois personnes qui
sortaient de chez elle.

« Comment, mon mari sort d'ici? » s'écria
Mme Monin.

« Vous ne m'avez pas fait dire votre nom, »
répondit un peu sèchement la maîtresse de
la maison.

« Excusez-moi, madame, mais comme je
supposais que vous ne le connaissiez pas, je
préférais vous le dire moi-même. » Et
Mme Monin, voyant que sa visite était inutile, sortit furieuse contre son mari qui lui
faisait ainsi faire des visites en partie double.
Sa colère ne lui fit pas oublier cependant
d'emporter son inutile pâté de foie gras.

La femme de l'académicien ne put retenir
un sourire en voyant la femme répéter le
manège du mari.

Une fois redescendue, Mme Monin se demanda, fort embarrassée, quelle adresse elle
devait donner à son cocher.

« Oh! si Eugène n'y tenait pas tant!... »
Enfin elle en prit une, au hasard, sur sa
liste; une fois arrivée, elle verrait ce qu'elle
aurait à faire.

IV

Cependant Monin, au trot peu rapide de
son cheval de fiacre, se dirigeait vers la
maison dont il avait donné l'adresse à son
cocher. Aussitôt qu'elle s'arrêta, il sauta de
sa voiture et interrogea anxieusement la
concierge pour savoir si une dame ne venait
pas de venir demander M. Tourout l'académicien. Sur la réponse négative qui lui fût
faite, il se sentit un peu soulagé et écrivant
un mot à la hâte sur une carte il la laissa à
la préposée au cordon, en lui demandant de
la remettre à une dame — dont il fit la description très exacte — dans le cas où cette
personne viendrait demander l'académicien.
Ceci fait, il monta les trois étages de M. Tourout, qui était absent, et remit à la bonne
une langue fumée qu'il avait été prendre précipitamment dans sa voiture.

Pendant qu'il montait, la concierge étonnée de son air effaré alla causer avec son
cocher pour lui demander ce qu'il pensait de
son client.

L'automédon était d'avis que le bourgeois

avait l'air tout chose ; ça lui avait pris tout
d'un coup tout à l'heure. Il était né observa-
teur et avait remarqué que son client se
démenait dans la voiture comme un particulier atteint de la danse de saint Guy.

La concierge conseilla au cocher de le surveiller ; elle se trompait rarement sur les
physionomies, et celle du monsieur en question lui avait paru bien étrange.

Sur ces entrefaites, le postulant au quarantième fauteuil redescendit et après avoir
réfléchi près de cinq minutes, il finit par
indiquer une adresse à son cocher qui, tout
en fouettant son cheval, envoya un coup
d'œil significatif à la concierge. Cela voulait
dire évidemment : « Nous ne nous sommes
pas trompés. »

La maison que venait d'indiquer Monin à
son cocher n'était pas située à plus de cinq
minutes de celle qu'il quittait. Ainsi que dans
la dernière maison, l'Académicien était absent
et, à part la conversation du cocher avec la
concierge, le même manège recommença
exactement.

Monin qui était dans une inquiétude folle,

craignant de voir tous ses projets renversés, avait toujours une physionomie qui donnait de plus en plus à penser à son cocher.

Pauvre Monin.

V

Toute plongée qu'elle fût dans un lac de réflexions amères, Mme Monin, dans son fiacre roulant, finit par arriver à l'adresse indiquée à son cocher. Elle s'enquit auprès du concierge de la situation de l'académicien habitant la maison.

En apprenant qu'il était marié, elle prit une langue fumée dans sa *réserve* et pria son interlocuteur de la faire parvenir à qui de droit. Le préposé au cordon promit.

Après tout, si Eugène n'était pas content, tant pis ! Elle allait encore faire une visite en prenant une adresse au hasard sur sa liste. Et, cette fois, si l'académicien était marié, elle renoncerait aux courses et rentrerait dans son domicile.

Ayant donné la nouvelle adresse à son cocher elle monta en voiture.

Eugène en ferait une maladie s'il n'était

pas nommé! Cette attendrissante idée ébran-
lait fortement ses résolutions. Ces pensées
l'absorbaient si complètement qu'elle ne vit
pas la voiture de son mari croiser la sienne
dans la rue de Richelieu.

Elle arriva. C'était justement la maison
où l'on avait commencé à prendre Monin
pour un fou.

Lorsqu'elle demanda au concierge des ren-
seignements sur l'académicien qui habitait sa
maison celui-ci lui remit une carte en lui
demandant si elle ne lui était pas destinée.

« En effet, dit elle avec joie, c'est de mon
mari...

— Tiens ! c'était donc vrai » — s'exclama
le cerbère.

Mme Monin était trop occupée à lire la mis-
sive qu'on venait de lui remettre pour prê-
ter attention à cette intempestive remarque.
Son mari lui expliquait sa bévue. Elle avait
la liste des académiciens mariés au lieu de
celle des garçons, comme cela devait être.
Mme Monin comprit que la journée était
manquée et qu'il lui fallait rentrer. Elle
remarqua avec satisfaction que son mari

avait eu la précaution de lui écrire son
billet en anglais, de sorte qu'on n'avait pu
le déchiffrer.

Si elle n'avait pas su l'anglais tout de
même !

Remontée dans la voiture, son cocher la
reconduisit chez elle avec une grande satisfaction. Le cheval, éreinté, menaçait de les
laisser en route.

Une fois rentrée dans son appartement,
Mme Monin s'étendit sur une chaise longue
et, de fatigue, s'endormit profondément.
C'est dans cette situation qu'elle attendit le
retour de son mari.

VI

Cependant Monin, de plus en plus désespéré, roulait toujours à la poursuite de sa
femme quand il l'aperçut dans sa voiture
qui passait en sens inverse près de la sienne.
Aussitôt il donna ordre à son cocher de ra-
trapper cette voiture qui avait déjà gagné
quelque avance. Ils se trouvaient en ce moment dans la rue de Richelieu. La voie était
assez embarrassée et, pour comble de mal-

heur, un cheval de fiacre s'abattant interrompit la circulation durant près de dix
minutes. Ce fut suffisant pour que la voiture
de Mme Monin disparût aux yeux de son
mari.

Le pauvre homme était dans un état
d'exaspération indescriptible. Tous les événe-
ments qui venaient de se succéder avec tant
de rapidité et la crainte de rater le fauteuil
rêvé lui mettaient l'esprit complètement à
l'envers. Il ne savait plus ce qu'il disait, ce
qu'il faisait criant à son cocher d'avancer
malgré l'encombrement, lui promettant un
pourboire insensé s'il rejoignait sa femme.
On commençait à s'attrouper autour de la
voiture. Monin n'y faisait aucune attention
et criait toujours après son cocher.

En l'entendant prononcer le nom de sa
femme, les passants, croyant être témoins
d'une infortune conjugale s'amusaient énor-
mément. Un gardien de la paix s'étant avan-
cé pour dissiper le rassemblement, le cocher
lui glissa rapidement à l'oreille en lui montrant son voyageur : « Il est fou ! il faut le
conduire au poste. » Si bas que ces mots

eussent été prononcés, comme une traînée
de poudre, ils avaient parcouru la foule de
plus en plus nombreuse. On ne se gênait pas
pour se répéter tout haut : « Il est fou ! »

Monin ne s'aperçut pas tout d'abord que
c'était de lui qu'il s'agissait. Mais quand il
vit tous ces gens le regarder en prononçant
le mot fou il comprit qu'il était l'objet d'une
regrettable méprise.

« Je ne suis nullement fou, protesta-t-il
avec indignation, je puis donner mon adresse... et la voiture de ma femme que je ne
vois plus !... Je puis expliquer ma conduite :
Je vais en ce moment rendre visite aux académiciens, afin d'obtenir leur voix pour le
quarantième fauteuil. » Cette explication que,
dans sa stupéfaction, Monin donnait au
sergent de ville fit courir un rire homérique
dans toute la foule.

« La preuve, continua Monin, c'est que
j'ai, dans ma voiture, des langues fumées et
des pâtés de foie gras pour leur offrir. »

A cette affirmation, le gardien de la paix
n'eut plus aucun doute sur son état et, aidé
d'un de ses collègues, ils s'emparèrent de

Monin qui se débattait désespérément. Voyant que toute résistance était inutile, le malheureux homme se rencoigna dans la voiture et ne fit plus un mouvement.

Arrivé au bureau de police il expliqua son cas au brigadier de service, mais comme le commissaire était absent on le pria d'attendre. Les deux hommes qui l'avaient amené restèrent auprès de lui de peur qu'il ne s'échappât.

Ce repos forcé produisit un excellent effet sur Monin qui se remit un peu de ses émotions et put, lorsque le commissaire arriva, lui expliquer que l'on s'était mépris à son sujet. Il se faisait fort, d'ailleurs, de prouver son identité et son bon sens en se faisant accompagner jusque chez lui par les deux agents qui l'avaient amenés au poste. Ceux-ci, en véritables brutes qu'ils étaient, ne voulaient pas démordre de leur première idée. Enfin, sur l'ordre du commissaire, ils remontèrent avec Monin dans la voiture restée en faction devant la porte.

Un quart d'heure après, Mme Monin était réveillée en sursaut par le tapage qui se fai-

sait dans son antichambre. Elle se leva afin
de se rendre compte de ce qui se passait, et
certainement sa stupéfaction fut supé-
rieure, en hauteur, à celle du Mont-Blanc en
apercevant son mari, flanqué de deux repré-
sentants de la force publique.

« Ah pauvre Eugène. » Après ce cri parti
du cœur en ligne directe, la chère âme se
laissa tomber dans les bras de son époux
avec un abandon qui convainquit les deux
entêtés, muets spectateurs de cette touchante
scène conjugale. Monsieur les tranquillisa en
leur promettant de ne pas se plaindre de leur
méprise et tous deux s'en allèrent fort
confus.

« C'est égal, ma bonne, quelle journée ! »
s'écria Monin aussitôt après leur départ.

« Nous aurons plus de succès demain,
répondit sa femme avec abnégation..., si
tu n'étais pas nommé, tu en serais malade.

— Et toi de même... aussi, ma chère
femme, comme le fauteuil est bien raté nous
pouvons, dès maintenant, nous préparer à
nous soigner.

— Allons, ne te décourage pas, tu seras

sans doute plus heureux à la prochaine vacance.

— Je l'espère, » répondit mélancoliquement Monin en offrant son bras à sa femme pour la conduire dans la salle à manger.

Le dîner était servi et la soupe envoyait jusqu'au plafond une vapeur épaisse et odorante.

Comme elle était très bonne ils la mangèrent presque avec appétit.

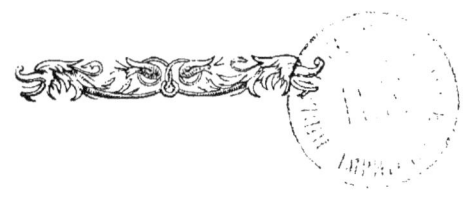

TABLE DES MATIÈRES

www.ingramcontent.com/pod-product-compliance
Lightning Source LLC
Chambersburg PA
CBHW051828020726
47502CB00005B/1674